法兰克福的中国酷爸

徐徐 著

Der untypische
Frankfurt-
Chinesische
Herr Papa

中国青年出版社

01

黑色奥迪A8经过法兰克福富人街区花园街56号，透过一人高的篱笆墙看里面若隐若现的大花园时，老米勒又祈祷了一遍：希望银行贷款能顺利下来。

花园街56号是邻居老布的宅子，老布是大律师，如今56号的庭院房门深锁。

这个老布实在不够讲情谊，都做邻居快20年了，好到俩男人可以脱光衣服一道蒸桑拿的地步，可依旧说走就走。三个月前，老布55大寿，派对是在自家大花园里庆贺的，把一条街的邻居街坊都请来了，派对上老布一点没露迹象，依旧是潇洒老光棍的样子，可是一个月前就突然告诉他这个老邻居，三句话，一句比一句惊心：他要与女朋友结婚了；他要离开这个金融都市法兰克福了；因为女友需要西班牙的阳光和海风治疗身体，他们要移居西班牙了。

老布你不能这样啊！这条街上就我们俩是单身王老五，近10年的光棍邻居情谊，怎么能被一个女人攻城略地就沦陷了呢？

但是情势毫无一丝改变的余地。身为律师的老布可能觉察自己这些年因几个案子在法兰克福圈子里弄得风生水起，从命理的角度也该安静安静，所以就带着谈了10年恋爱的老娇妻去世外桃源归隐了。有人想逐鹿法兰出人头地，自然也有人想退出江湖鸳鸯相随，有来有往，人之常情。从最初打破平衡的震惊中清醒过来面对现实之后，米勒只能挥挥衣袖奉上祝福：愿老布在惬意的海风中尽享欢愉吧。至于他，老米勒，他的缘分未到，福报也未够，只能在法兰克福的这片热土上继续发挥最后的青春热血……

是的，青春之热血，不榨干最后一滴是不行的。老布走之前把他的这栋豪宅扔给了中介，本来米勒也没多想，但是某一天的一个晚上，他望着仅隔一条小花径的熟悉的故友大宅子，那里有熟悉的游泳池、桑拿房，还有两光棍一起烧烤喝酒吃肉聊女人身材的大花园，突然一个念头升起：为什么不买下老布的大豪宅？他清楚知道，全法兰克福最成功的律师之一老布，他在这房子上投下的精力和金钱非比寻常，那是聘请了最好的设计师重新翻修过的高大上大别墅：既简洁又逼格，既华丽又节能，既高档又环保，都是在不可能的交叉中找到了最恰到好处的点——且里面的装修全是他所喜爱的绿色材料：不论价格。

老布自然也乐意把自家的大豪宅卖给多年好邻居，并开出了朋友价：免中介费不说，成套的豪华厨房设备免费赠送，而且总价还再降两万欧元。比起通过中介卖出，他老米勒买的话，付款比外人低了足足十多万欧元。

但是，这么一个大豪宅，底价不低啊，150万欧元呢，更要命的是，之前米勒一点买房的思想准备都没有，虽说自己也是个大商场的总经理，可是德国人不存钱啊，多年来他的家庭财务账面上流动数字始终没有超出6位数，要出手买房，只能寄希望于银行贷款。米勒申请了零首付贷款——他有一个已经付清了全款的房子做抵押（尽管他那房子的价值与大律师老布的豪宅不能相提并论），而且，他毕竟还有不低的职位呢。

人都是这样，一旦开始有欲望了，就会进一个魔圈。这不，奥迪A8不开进自家的车库，而是要绕一下花园街56号，车窗自动摇下，米勒在车子里再次深情凝望。

02

老米勒全名皮特·米勒，其实他一点不老，也就45岁，对于男人来说正是好年华，但是相比家里精力充沛的17岁大儿子卢卡·米勒和淘气多动的10岁小儿子汉斯·米勒，老米勒常感慨自己的青春好年华已经一去不复返。米勒是法兰克福“雍德乐”大商场的总经理，也是如今花园街的唯一成年男性光棍。他成为光棍的原因是太太在7年前因病去世。

米勒回到家里，第一件事情是把挺括考究好面料的Hugo Boss西装脱下，细心挂在门后的架子上。那架子有5个挂钩，米勒总把西装挂在第三个挂钩上——最中间那个。其它四个挂钩分别是挂衬衫和领带的，只有这样，门后面就算挂了衣服，也是平衡感十足，且看起来赏心悦目。

这不奇怪，“雍德乐”是法兰克福购物街的一大地标，游客熙熙攘攘，商场明亮考究，人气极旺。那里的货多且精美，摆设都很讲究，橱窗设计者撅个屁股拿着尺子量两个货品摆放的间距那是常事，更不用说每隔两周就要重新按照时令主题来一番设计，老米勒天天在那里上班，有序养眼、角度精准、摆放恰到好处、设计不差毫厘，这是他生活视角里的常规。

在尽管有些老旧但是装修还是显出好品味的浴室里，米勒对着镜子理理头发，没办法，45岁的人，这白头发像花园里的野草，上周锄了，这周又长。米勒把同是Hugo Boss的白色衬衣速速脱下，扔进浴室的藤条大框里——每周周六上午8点起，钟点工罗蜜儿会来帮他整理房间，当然会在一天之内把衣服洗好烘干熨烫，逐件挂到他那个四门的实木衣柜里。作为一个大型商场的总经理，衣柜里米勒先生的衬衣不少于两打。罗蜜儿还有一个任务是：米勒有6个特别的衣架，每个衣架醒目写着周一到周六不同的单词，罗蜜儿要把熨烫和搭配好的衬衣和领带逐一挂好，这样米勒每天上班或出门前就能最快地找到最合适的衣服了——当然，周一到周六的衣架顺序也不能乱，有一次，罗蜜儿不小心把周三和周四的衣架顺序弄倒了，米勒看也没看就顺势按照惯常位子在周三时候拿了周四的衣服，结果一整天都难受死了，难受到几乎无心上班的地步，因为当天的衬衣与前一天的衬衣款式颜色花纹都一样，会让员工以为总经理一件衬衣连穿两天。所以，有时候衣架乱，心也会乱，秩序是非常重要的！

老米勒换上一件宽松的运动衣，正准备拿了花剪去花园，大儿子卢卡从楼梯上蹦跳下来。今天下午他的课少，回家最早。

“老爸，晚饭吃什么？”

“冰箱里不是都有吗？”老米勒挽起袖子准备劳动。

“又吃面包香肠啊，我都吃厌了，老爸，两条街外新开了家餐馆……”

“今天没时间，我明天出差柏林，周末回来。”

“我有时间，我可以去打包带回来，正好你吃得很舒服地出差去……”卢卡眉飞色舞。

“我的钱包今天没有做好去餐馆溜达的准备。”老米勒冷静的一句话彻底打消了儿子的念想。

卢卡垂头，想回楼上自己的房间去。

门铃响，门边墙壁上的显示屏上是小儿子汉斯背着大书包气喘吁吁的模样。

“弟弟回家啦。”卢卡欢乐地去开门。

看起来是小学四年级的10岁小儿子最辛苦，最迟回家。其实小学生才上半天课，剩下的半天老米勒也未加管束，只由着小汉斯在学校里与其他孩子做作业然后踢球疯玩，在小学里这叫“Hort”（学校托管半自由活动式教育）。

小汉斯一放下书包就呲牙咧嘴地直冲洗手间，然后传来大排量的浇灌的声音。

“跟你说了多少遍，要及时上厕所，小鸡鸡是很重要的，以后每天都要用到的，就是不听！老爸管不了你那么多，你的身体是你自己的……”

老米勒边教育小儿子边去花园给玫瑰剪枝。卢卡从冰箱里拿冰水喝，小汉斯从洗手间里出来，眨着眼睛说：“老爸，我们的数学成绩出来了，你猜我考了几分？”

老米勒漫不经心：“几分？”

小汉斯拿出一份卷子，得意地挥舞着。

哥哥卢卡一把抢过：“我看看，有没有比上次进步。”

卢卡的火眼金睛看着卷子上的批改，然后走到花园里在剪枝的老爸身旁：“老爸，弟弟有进步了。你看，这次他修改老师的成绩，用了与老师同样的笔，墨水和粗细都一样了，不仔细看的话几乎看不出来。老爸，他懂得注重细节了！”

老米勒眼一瞪，小汉斯赶紧跑出去，边跑边说：“爸，我去帮你取信！”

电话铃就是在这个时候响起来的，是房产中介公司，一个米勒不想接的电话。

电话里说：老布挂在他们中介公司的豪宅，吸引了不少客户参观，虽然因为价格的缘故，参观的客户多而能敲定的少，但是，眼下，想下单的客户还是出现了。有一位客户，他将在三天之后与中介签合同。中介公司问米勒，是否可以在三天之内搞定银行贷款，中介愿意为他保留到最后一天，因为他是老房东老布心目中的最佳购买者。

尽管电话里的问话非常贴心非常为老米勒着想，但是米勒知道，电话那边无比希望得到他无法搞定贷款的消息。

这有什么好说的，若老米勒成了老布这豪宅的下任房主，那么中介将颗粒无收，但是若卖给了那位能出得起150万欧元的不知名富豪，那么最保守就能挣6万欧元的中介费，这够那个中介公司吃长长一段时间的啤酒烤肉了！

米勒也同样职业性地感谢中介公司来电话，然后试探着问，那位可能的下单者，是否已经搞定了银行贷款。

中介职员带着自豪的口气：我们的客户，他会在下周用现款支付三分之二，也就是100万欧元，所以根本不用担心银行贷款的问题！

老米勒倒抽一口气：“一个土豪啊，难道是阿拉伯来的？”

03

马里，这位刚从柏林空降到法兰克福的“爱海”旅游咨询公关公司老总，步子从容地从房产中介办公楼走了出来。一旁是满脸带花的中介服务人员。

浓缩48小时的整个看房买房过程，其实就是三句话。

第一句话是预定看房时间时，中介轻描淡写一句话：这房子很贵，看的人也好几批了，都对房子无法挑剔，就是价格高，您是不是再考虑一下?

预定看房时间就是第二天——也就是三小时之前。看完房子之后，马里就在花园里说我决定要了，对方的惊愕的表情是马里意料中的，马里喜欢看这样的表情，且以他的经验知道，在这种无法掩饰的惊愕之后数秒，对方将是更加无法掩饰的巨大喜悦——那种轻微的脸部神经的剧烈跳动，是身体反应的本能，再接受熟练职业教育的人员都不可控制。

但年轻的中介人员显然还少不更事，不懂人情世故，在喜悦与惊愕的双重袭击下继续问道：“马先生您问了银行贷款的相关问题了吗？”

马里笑了。关于银行，马里有很多的故事都写不完对它的爱恨。银行是最多情也是最无情的女友，在某一年里，银行成就了他，而在另一年里，银行几乎逼死了他。

“我的会计税务师会与您直接沟通这个问题。”马里简单地回答——这个回答已经足够。

在德国生活，有两个人必须是自己终生的忠诚朋友，一个是律师，一个是会计师。律师的功能若说是让奋斗的人更有胆子做事情，那么会计师可以让享受的人在最佳平衡点过最舒适的日子。对于人生幸福度来说，这两者缺一不可。

年轻的中介人员终于明白过来了，然后换用巴结的语气结结巴巴跟他解释：这个房子的房东交代过，他还有位老邻居，也有买房想法，房东说，在同等的时间内，会先考虑他邻居的需求……所以，此刻，他还要询问，那老邻居，是否确定要这个房子……

也就是说，今天的单子，还签不下来。中介满眼希望谅解地看着马里。此刻神情里的热切与祈祷，与最初的职业式微笑相差十万八千里。

马里淡淡地说：“可以，那我就给你们一周时间吧。若一周后对方还不要，我就下单了。”

马里的爽气和善解人意几乎让中介人员大呼上帝垂爱。

中介人员看着黑头发黄皮肤的马里，有点不好意思地问：“我能否问一下，先生您是哪一国家的人，韩国还是日本？或者来自台湾香港？因为对于我们，很难分辨亚洲各国的人，感觉相貌太相同了。”

“我来自上海——相信我一句话，不出三年，你们将会很容易认识中国人。”

04

餐桌上毫无新意的面包和香肠让人毫无食欲。这是老爸出差前的丰盛一餐？

卢卡感觉自从老爸一小时前拆了汉斯从邮箱里拿回家的一封信后情绪就不对劲。

小汉斯一双大眼睛骨碌碌转着，察言观色。

老米勒放下手中的啤酒杯，对着小汉斯教训道：“跟你说了多少次，你的人生是你自己的，你的成绩是你自己的事情，你明年选择中学也是你自己的事，你若不想上文理中学，以后不想上大学，OK，老爸没意见！你老爸还省了一大笔教育费，你老爸还能拿这笔钱多喝几杯啤酒！”

卢卡在桌子底下踢着弟弟汉斯的腿。

小汉斯嗫嚅道：“爸爸，我错了，我又改了老师的成绩，把3^-改成了2^+，我是想让你高兴……”

老米勒叹口气：“老爸什么时候为成绩责怪过你？这是你自己的生活，你要享受什么样的生活，就要你自己去争取，这个世界的安排是很完美的，能做什么不能做什么，每人都能找到一一对应的位子，这就是秩序！做小草还是做大树都是你的自由，就是别等到你成年了，心里想过五星的日子却只有三星的身体和两星的能力，那就不匹配了，就秩序错乱了……还有你，卢卡，过一年你就要上大学，反正爸爸也没能力换大房子了，留着的钱就先给你当教育基金，你想去美国读书还是在德国读书，都自己来决定吧。”

卢卡看着老爸：“银行不给我们贷款吗？”

老米勒叹口气：“银行嫌你老爸老了呀。”

原来这就是让老爸如此沮丧的原因啊。

卢卡手拿面包，往面包里夹火腿，神情不经意：“老爸才不老呢，还有那么多女人喜欢你，银行算什么呀，既不能陪你吃烛光大餐，也不能给你带来甜蜜的幸福，更不能让你年轻10岁！”

这话总算让老米勒在晚餐时间里露出了笑脸。

“儿子，冰箱里还有一瓶上好的雷司令，要不要陪老爸喝一杯？”

“别别别，我晚上还要做个设计呢，学校的机器人项目，我还指着它拿点奖金啥的当零用钱花花，葡萄酒我来给您打开，您就慢慢享用吧。”儿子动作麻利地拔出了橡木酒塞，把酒倒在一个形态高雅的葡萄酒杯里，递给老爸。

披着月光，坐在露台上，喝着来自莱茵高地最佳葡萄酒区的晚摘雷司令，老米勒还是感觉有种惆怅。望着二十米开外的老布家的大花园以及掩映在高大乔木和花丛中的三层洋房，老米勒知道，要彻底地与和老布在一起的有趣时光说再见了。

与那位或许来自阿拉伯的土豪邻居，也许……也许也能成为好邻居吧，最起码，能平安相处吧……一想到未来的新邻居，米勒的脸部表情就有点不自然，好像男人之间的第一轮比赛就被对方打败了一样。

05

米勒从柏林风尘仆仆地回来，就发现三辆车一顺溜地停在花园街56号前面，其中一辆黑色玛莎拉蒂已经超越了56号的界限，有小半个车身都停到自家的门口，让他进不了车库。

米勒鸣了一声车喇叭，接着又鸣了一声，终于，从56号的后花园小门出来一人，他歉意笑着向米勒解释说他是房产中介的工作人员，带着新房东以及设计师来看房子，按照新房东的要求，设计师要全面整修花园，因为新房东时间很有限，刚才一看有位子就停了车，想着很快就走的，所以就不好意思占了邻居的位子……

啥，这么漂亮的花园要推倒重来？

没等老米勒回过神来，从花园里走出一个男子，黑发，黄皮肤，肌肉健壮，体形健美，衣着搭配得体，牛仔裤很合身，带着名牌Logo的有弹性的T恤包裹着发达胸肌，还蛮有些性感……看不出年龄，轻熟男吧。他冲车子里的米勒笑笑，然后潇洒地用车钥匙遥控了车门，进入玛莎拉蒂，发动车子，把车开往另一处空地。

米勒一时有点走神：新邻居不是阿拉伯土豪，是日本新贵？这么年轻？

待米勒把车停到车库里，再出来想与新邻居聊聊天时，发现三人已经进了花园。

不是那么亲切的第一次见面——米勒感觉那衣着时髦的亚洲人，

与自己有些距离。若是德国人，肯定是不会这样的。德国人是世界上最亲切的人！

当米勒到二楼自己的房间里换掉西装衬衣，并端了一杯汽水站在露台上看邻家时，发现三人已经办好事情出门，那个手里拿着一个大文件夹以及一个苹果电脑的年轻人，估计就是设计师了。米勒看到两人对着新房东使劲握手告别，笑脸相送，亚洲新贵也不客气，在俩德国人的目送中，发动马达，玛莎拉蒂一声轰响，走了。

好拽啊！

米勒叹口气，他想好友老布了——老布开奔驰，一辆开到了20多万公里依旧没出任何状况的老派绅士奔驰。

这次去柏林总部开会，可以说是米勒所经历过的最有特色也最奇葩的一次会议。

会议主题：我们要挣什么人的钱？

真是难为了柏林的同事们，把收集客户资料的活儿做到了极致：在他们做的PPT文件里，没有文字，全是图片和录像，那是从商场公开的监控录像里截下来的画面——全是第一手信息。

一位衣着体面神态雅致的德国老太太在Villeroy & Boch的高档瓷器专柜前晃悠，录像显示她晃悠了快一个小时，与导购员的询问和聊天也好长一段时间了，然后，她未买走一只碟子，优雅地走了。

在另一层的箱包专柜，一群亚洲人闹哄哄地围挤在一起试箱包，这里是著名的箱包品牌Rimova，喧闹声让周围的顾客侧目，五分钟之内，人群中有人拎起了一个，接着所有人各拎走一个或者两个箱包，然后收银处就排起了一群买箱包的人。一个Rimova箱包，平均500欧元，不到10分钟时间里，收银处进账1万欧元。

类似的画面，在PPT文件里不断显示。

“你们见识谁是我们的真正客户了吗？”会议主持人、集团总公司的市场总监吉姆意味深长地问。

米勒有些恍然大悟，是的，在法兰克福的商场里，确实也有这样一批来自亚洲的有钱游客。

“他们钱多，人不傻，唯恐不花钱，因为花钱是挣钱，因为这些东西在中国贵多了。像这个箱包，在中国是一万元人民币，两倍以上的价格！”吉姆精心总结。

但是，PPT文件里显然不想只说到这些有钱人，在每一个繁荣交易的背后，都有一个与购买者神情不完全一样的、貌似局外人但又是圈中人的背影。

“看见这些人了吗？他们是真正的操盘手，有钱游客是风筝，而他们就是牵着风挣线的人，他们牵着风筝到哪儿，哪儿的收银处就爆盘。”

“他们是什么人？”各地经理热切地询问。

“中、国、导、游。”吉姆一字一顿。

接下的时间，在吉姆的隆重邀请下，“雍德乐”的柏林总经理琰斯成了商场销售的成功榜样，他向来自各地的商场总经理教授其登向销售皇帝高峰的秘诀。

三年前，琰斯做了一件极其聪慧的事情，与中国一家名叫“爱海”的旅游咨询公关公司合作，据说那个公关公司手头拥有一个与2000名华人导游合作的平台。

说句实在话，三年前琰斯没把那个中国公关公司放在眼里，因为Google上关于“爱海”的信息极其有限，不过那天真是不知出于什么理由，就那么顺手做了个合作协议。合作很简单：互相让利，商场给公关公司利益空间，公关公司鼓励中国导游带领中国游客前往商场。琰斯想，森林里有大老虎也有小野兔，海洋里有大白鲸也有小虾米，那么在与这么巨大的“雍德乐”合作的长串名单里，有个把小虾米小野兔的存在对于大环境来说，无害处，相反，还能环保。

于是，这家“爱海”中国旅游咨询公关公司成了琰斯手头的一支小股票。

但让人意外的是，短短三年时间，中国这家公关公司带来的利益增长远超过其他的合作者，小股票成了最大的黑马。每季度看报表，烦心事不少，但是这匹小黑马总是能让琰斯心花怒放。

“这绝对是个机遇！而我被这个机遇砸中了头！我感觉自己又到了一个新的黄金时代，这个新黄金时代就在中国这些富有的游客的欢乐花钱之中。我们要揽住更多的机会！我们要设法让他们更加毫不犹豫地买单！他们比俄罗斯人更加豪放，他们比阿拉伯人更爱面子，他们比日本人出手更迅速！他们必须是我们的客户！”琰斯，本来是那么稳重的德国人，可是今天他像演说家一样地激情澎湃。

米勒看着同事琰斯，有点目瞪口呆。

但米勒还是明白了。柏林会议是一个动员大会，市场总监吉姆是积极推动者，“雍德乐”要用柏林商场的案例，来向全德国铺开这种合作模式。法兰克福商场，就是被大老板点名要立即开始的下一家合作店。

06

隔壁新邻居家传来的尖锐的电锯声几乎要杀了老米勒。

周末的上午，老米勒想睡个懒觉，但是电锯声让美梦像西瓜砸地一样地惨烈破碎。米勒起来，赶紧想着逃离，于是收拾了一运动袋的家伙，去游泳馆蒸桑拿，以此消磨三小时——这可是五月份，不是蒸桑拿的好季节啊，还不是被逼的。

从上周开始，大量的木板、假山、树苗等物件源源不断从自己门前经过，然后搬进花园街56号。从米勒卧室外的露台上就能看到邻居花园里的大动干戈：那个原木啤酒棚被拆掉了，原本他与老布经常一人一杯一升装的大号啤酒，坐在那结实的原木椅子上，谈天说地侃女人，那是多美的一种时光啊。尤其夏天，晚上10点钟天也亮着，他和老布，一场足球赛再加一通默克尔的最新时局发言就是啤酒的最佳下酒菜。对啦，有时候隔壁一条街的芳邻施黛芬妮也会来凑热闹，带个蛋糕来啥的。老布也会打趣问起，他和施黛芬妮的来电程度。秋天，10月份，大杯啤酒喝不动了，但是可以喝雷司令啊，他和老布俩人都爱酒，每人得支好酒就会乐不可支地一道分享，坐在那个位子，手端葡萄酒杯，满目金色的花园，多么美好！

除了大原木的啤酒棚外，那个花了老布不少银子的金属烧烤架子也被拆掉了。哎，那个高大上的金属烧烤架，真是美好往昔的纪念啊。老布不是个特别爱热闹的人，他一年也就一两次会兴师动众邀请一院子的客人，但是只要邀请，就必定是以烧烤架子为中心，上好的牛排羊排猪排鱼排阵容豪华地排列，专门邀请来的烧烤师傅会用他娴熟的技术快速旋转那个架子，以让烤出的每块肉排都鲜嫩肥美，引发客人的口水，再加慷慨奉献的好酒，以及老布的幽默和好口碑，这是整条街的快乐时光。可是，这么好的烧烤架，新主人也放弃了，被扔进金属类的垃圾堆里！

米勒不能再看，再看下去就堵心了，这个新邻居，算是彻底终结了他的中年男人的黄金时代。以后，以后他再也找不到老布这样的好伙伴好邻居了。

老布，你怎么能这么甩手就走？

老布，我希望你在西班牙海滨别墅里也过不舒服……算了，算了，还是我一人不舒服算了。

……

米勒曾跑去邻家问过施工人员，这种极其不环保的噪音大概会持续多久，施工人员看着施工图说，可能3周到4周。

3到4周？去哪躲避？真要撞墙了！

米勒在办公室里，看着一份“爱海”旅游咨询公关公司发过来的合作草案，看着看着，他就重重地把草案书扔在桌子上，生气地大喊：“这样的合作怎么能成？这把秩序都打乱啦，这怎么行？”

看看里面的条款：

第一条，在商场上凡是有文字提示的地方都添加上中文；且在中文前面都标注上中国国旗。

好吧，这个可以接受，无非是一些成本的增加。

第二条，培训各柜台的员工，简单学习一些中文。

好吧，当然这也意味着成本的提高。

第三条，在收银时，若队伍中有中国游客，就为他们开辟绿色通道。

这可不行，这不是打乱秩序吗？所有顾客都是平等的，凭什么中国客人就可以这样优待？

第四条，若中国客人需要购物的咨询服务，服务人员立即优先接待。

中国客人是什么，是上帝吗？但是德国上空的上帝最讲究先来后到。不成！破坏秩序的事情，没门！

第五条，增加中文导购员，在中国游客最喜欢的购物柜台前进行不间断巡视，一有问题，立即帮助解决。

米勒摁着计算器，犹豫。这一条处在行与不行之间，请一个员工的成本要多出多少费用，中国客人的消费利润究竟能否填平这个费用还有待数据论证。

第六条，相比德国的安静和守规矩，中国人入乡随俗这点可能不是很到位，比如喜欢大声交谈和在公共空间相互展示购物战利品，商场工作人员要多多体谅文化差异，宽容来自东方的世情民俗，并尽量提供方便。

米勒看到这里，心里实在是气鼓鼓的。又是一条破坏规矩的，若人人都这样，那他这里的秩序如何保证？

第七条，为中国顾客特别增设一个退税窗口，由中文为母语的服务人员接待，中国游客在购物结束后直接现金退税。

哇，这合作方把自己当作什么啦？退税是有专门机构的，那是在机场，不是在商场，哪家商场有这样的特别服务啊……我知道中国人有钱，但有钱也不能拽成这个样子，这“雍德乐”的大门可不是只为中国人开的……

米勒越看火气越大，几乎要扔眼镜了。稍等，他注意到了还有一行备注，戴起眼镜重新看，一看就瞪大眼睛：此条款的执行是合作的前提。

啥，这还是合作的基本条件？不满足这条件就无法合作？

07

马里一人站在花园街56号的新住所里，心情是亢奋后的寂寥。他为新购买的大别墅订好的全套Segmüller家具，现在都已经搬进了新住所里。

新房子一派风光啊。尤其是那个一整面墙壁的实木书柜，气势厚重，实在是与这大豪宅搭配相宜。

自己的卧室，还有一女一儿的两个房间的家具，都是按照每人的口味，同时又咨询了室内设计师的意见，从无数眼花缭乱的高档家具里精挑细选出来。现在，马里只等着一周后的黄道吉日，迎接从柏林飞过来的两个孩子，以及早就预定好的一个超大型搬家车。

从柏林空降法兰克福富人区，这次搬家有点狠。尽管家具都是现定的，但是柏林那边帮助搬家的员工向他汇报了这次战役的情况还是让他头大：搬家专用纸箱子有整整300个。

但愿这是自己在德国的最后一次搬家吧。

马里已经记不清楚，在德国18年，自己搬了多少次家。

第一次搬家，就是一个拉杆箱，坐着地铁，从城里搬到乡下，为了节省房租。

第二次搬家，是个冬天大雪的日子，他舍不得扔掉席梦思，就双手紧紧抱着，倒了三次车，终于搬进了城里的旧公寓。

第三次搬家，是与两个朋友一起凑了同样的时间，一道租车，互相帮忙，这样把搬家的花费降到最低，每人只要30欧元就完成了搬家壮举——但是那相当于一天之内搬了三个家啊，那次搬家真是彻心彻骨的累啊。

第四次搬家，记忆不那么清楚了。好像请了搬家公司，但是为了省钱，所有的家具都是自己拆卸和安装的。

第五次、第六次……年纪大了，记忆就不那么清晰了，只好像搬家一次比一次多花钱少花力气，因为人吃不消累了；然后，房子也一次比一次换得更大了，因为有钱了。

马里站在落地窗前，打量着眼前高大上的新家，说没有成就感那是矫情。

但是成就感不能掩埋一切。

每次生活状态提升一步，马里都会想起以往的辛苦，尤其是家庭生活中最惨淡的那一幕——

妻子终于与自己分手了。俩人都是国内顶尖名牌大学的高才生，来自中国最富裕最海派最讲究精神食粮的城市上海，但是跑到德国来留学，却要干体力活打工来维持生活，一间公寓，饭菜寡淡，从不敢打出租，没钱支付精神娱乐的消费，这对于向来有高要求的妻子来说，是不能忍受的——就算已婚，就算有了孩子，她的后面还是有着追求者，因为她真的美，还美得有味道有气质，让肤浅或者不肤浅的男人，都忍不住喜欢。

在法兰克福机场，妻子从国内回来，马里咬牙买了一束鲜花前往迎接，但是，当他接到她时，当他想拥抱她时，妻子尴尬地推开，然后后面闪出一个身影，说："我陪同小简来与你商谈你们离婚的事情。"

离婚离得很快，妻子什么都不要，只要4岁女儿马雪儿的抚养权——她要带回国去抚养。

马里什么财产都没有，只有妻子和女儿，这下好了，空了。财产空了，大脑也空了。

马里不同意，但是不同意也得同意，妻子的要求合情合理。不过，脑子好使的马里还是留了小聪明，在离婚协议上补了一条：在雪儿16岁之前，可以让雪儿再次选择，自己决定生活在中国还是德国。因为按照德国的法律，孩子16岁之前可以很容易地到德国与亲人团聚，16岁以后，一切手续就复杂了。所以16岁，是个关节点。

妻子简雪怜悯地看了他一眼，同意。

这一眼，深深地刻在马里的心里。因为在妻子眼里，这条补充协议完全是多余的，作为妻子的新伴侣，那位陪她来处理离婚的男士，条件比马里好太多——好到妻子不向马里要求孩子的抚养费。

也许前妻是好意，但是，这更深深刺伤了他。自己的亲女儿，还要别的男人养？这对于他这个有着堂堂七尺男人身的父亲，是怎样的屈辱？

前妻的怜悯一眼是一把刀，而接下来与4岁女儿雪儿在机场的离别，更是刀伤上的盐……不能回忆，不能回忆，那是人间的悲剧，是最惨烈的分割，是生生的剥夺。

从此小娇一别过，只愿此生没女儿。

如此一通折磨，几乎要了马里的半条命。

从那一天起，马里知道，此生必需要做的事情，就是超过。

今天超过昨天。自己超过别人。不超过，就被超过。

被超过，那就意味着被剥夺，被侮辱。

08

米勒回到家，打开信箱，就收到了来自马术协会的一封信。

信中告知其小儿子汉斯已经6次没有参加马术课，也没有请假，询问是否身体有恙。

什么？小汉斯不是每周两次都前往马场学骑马的吗？而且他每次出门都快乐告别，每次到达马场也都电话一声让自己放心，难道他一直在蒙自己？米勒几乎不相信自己的眼睛。

“汉斯，出来！”米勒狂吼一声。

小汉斯从房间里出来，看着老爸手中的信，知道事情败露了。

卢卡听到愤怒的叫声，也赶紧从他房间出来看热闹。

米勒挥着手中的信：“爸爸每月花360欧元给你报马术课，这不是一笔小数字，但是你却瞒着我不去上课，整整6次都在欺骗我！好，好……现在我给你一个解释的机会，让我听听你的想法，你说吧！”

看着老爸愤怒的神情，吓得汉斯一句话都不敢说。

“汉斯，你快说吧，不然爸爸会更加生气。”卢卡在旁边鼓励弟弟。

“爸爸，我不喜欢学骑马……马粪真的好臭，我亲眼看过马拉大便，一坨坨地掉下来，所以一到马场，就想吐……我想过克服这个困难，但是就是不行，因为一看到马，总是有马拉大便的情景在我眼前……”小汉斯眨着快溢出眼泪的眼睛，小心地说。

卢卡竟然笑出声来。

米勒瞪了大儿子一眼，转身又对着小儿子：“所以你就骗爸爸说去骑马，但结果并没去？”

小汉斯点点头。

“那你每次这三小时都在干什么？”

汉斯再次可怜巴巴地看了一眼老爸，谎言败露的可怕结果已经显现，眼下只能从实招来：“爸爸，我不喜欢去马场，但又不想让你生气，所以，我就假装去，出门前我先与你告别，我看着时间，到了该到马场的时间，我就打电话给你，说我到了……”

“实际上你去了哪里？”

小汉斯的声音越来越小：“有两次我去了购物中心，有两次去踢足球，有两次去朋友家……”

“去购物中心干嘛了？”

“就是闲逛，因为那里有乐高店，有电脑游戏店，能免费玩，时间会过得快……其实，爸爸，虽然我在那里玩，但心里很害怕的……我很希望时间早点过去，能早点回家，真的，爸爸，我不是贪玩，确实是没其他地方可以去……”

米勒叹一口气，不说话了。

小汉斯眨眨眼睛，讨好地看着老爸，装萌，双手祷告求上帝状：“爸爸，爸爸，你会原谅我吗？”

米勒看着儿子，试图讲些道理：“汉斯，你不用巴结你爸，你要巴结的是自己。上帝是否给你好运是基于平常的你有多少努力的成分。”

但汉斯似懂非懂。此时，当爸爸的还能说些什么？

“你若真不喜欢马术课，那爸爸下个月就去注销掉吧……爸总不能逼着你去学骑马吧。”

小汉斯眼睛顿时放出轻松自由的光芒。

米勒再次长叹口气：“你们兄弟俩，学东西从来都没有一个长性，卢卡，你学钢琴，总共才学了多少个小时，给你买的那么好的钢琴，放在家里起灰；汉斯，你学网球，可是怕辛苦，学骑马，又嫌马的味道不好。可是，你们知道吗，你们对自己要求低，这是你们自己的损失啊。这损失，会让你们长大后，后悔自己当初怎么没有意志坚持下来——你们真的会后悔的！”

卢卡看了汉斯一眼，汉斯也看了卢卡一眼。兄弟俩知道，现在是老爸的训话时间，训话时间里兄弟俩要恭敬听课，才能让老爸感觉达到了效果，但只要老爸训话一结束，俩人又能闹翻天。

生活不都是这样的吗？

老爸不也是一直这样宽容地对待他们的吗？

惹是生非不给自己安静日子的两个孩子被打发回了房间。终于可以清静一下，正想休息休息泡个澡，邻居天翻地覆修整花园的电锯声音又开始咆哮。

米勒头都要炸了，忍无可忍，打开电脑，用最快的速度写了一封警告信，警告邻居的噪音已经超出社区里难以容忍的程度，警告邻居过多过长的电动工作时间给邻居带来了巨大的精神折磨，并郑重提出，若再继续这样的噪音污染，将报警。

09

在一叠做工考究的邀请函上，马里正在逐一手写每一位邻居的名字以及给他们的诚挚邀请。花园的装修已经到尾声，噪音也多少打搅了大家的生活，为表达感谢和歉意，在搬家之后，他要举办一个盛大的派对，邀请社区里的邻居来一聚。

米勒的那封言辞毫不客气的信件就是在这时被阿姨从邮箱里取出来交给马里。

马里看完邮件，笑了。

在以前半漂泊的时间里，他收到过很多的言辞不客气的来信，有的是因为没有准时交房租所以房东连二接三命令式地催问；有的是因为租车没经验，结果被车行讹诈，不是他的错也要赔偿，一遍遍来信要求付款甚至威胁报警；有的是冒充律师，说他拖欠一笔什么费用，现在导致滞纳金远超过费用，要求他立即打款；更离谱的还有冒充税务单位的，用一个子虚乌有的抬头写一封让人吓得要死的邮件，说再不补上税款就要被控进监……

马里经历过太多。在经历中受过骗，最痛苦的莫过于在他刚出道当导游、最没钱的时候还被律师讹诈了一笔5000马克（当时还是马克时代）的费用——那律师还是个真律师——那次真是几乎要把他逼向绝境；他也在这些经历中长见识。有一次与车行打交道，车行狮子大开口要2000欧元的赔偿金，他通过长达四个月的无数邮件往来硬是让车行软了下来，不再与他这个不怕千难万险的周折也不想多花一分钱的穷客户多费口舌。其实，让车行挣钱的很多客户就是觉得花时间据理力争不值得，请律师的话这钱还及不上律师费，所以就花钱买个安耽。但马里不，他自己翻看法律书自己当律师，他不让别人抢走自己的一分钱。在一次法庭辩护中，马里发现法院请来的翻译实在无法让自己洗脱最基本的冤情，于是自己上阵，自己阐述，自己辩护——后来发现，上个法庭其实也就那么一回事，说清楚了，辨明自己所做的一切都在法律范围之内，就没人敢打你主意了。

这封信，不过是个气急败坏的邻居在失去修养的时候发出的言辞夸大的无效威胁函，对他丝毫不起作用。

24小时之内，米勒得到了回复：

我的尊敬的邻居，

我非常抱歉因为装修花园给您带来了烦恼和困扰。我希望有当面向您道歉的机会。

但是说到装修噪音，其实德国法律有着明确的规定，在合适的工作时间之内，是允许因为装修而产生的电动声音的存在的。我在决定做花园装修之前就已经熟读了这部分的法律条款，也让我的装修工人严格按照法律规则执行。

若您再有另外的困惑和苦恼，我的律师将会为您解答。

致以诚挚的问候！

马里

米勒一读，好家伙，措辞很德国化啊，甚至还保了律师险，所以口口声声让自己的律师来解答问题，真是气场不小啊！——米勒感觉这个新邻居有着一种战士一般的斗志。

但在一叠报纸后面，米勒又看到了另一封信件，非常考究的邀请函，是言辞非常忱挚的感谢和邀请。

在办公室里看邮件，米勒有点头疼。

未见合作者，就已经闻到了合作方的气息：强硬。

米勒早已经让秘书写了工作邮件，告知对方在合作方案的几条具体执行上，有存在为难或者不合理的一面，但是，对方似乎一点不搭理他这一方的陈述，只问他合作上的准备程度，然后告诉他，中方公关公司的老板将在两周后抵达法兰克福与他见面，正式开启与“雍德乐”法兰克福店的合作之旅。

米勒一脸不快地关了电脑去商场巡视。

雍德乐商场和花园街的那个家，是米勒这辈子呆得时间最多的地方。20年的时间，白天他在商场，晚上他在花园街，但是好像还是呆不够，好像把这一辈子呆在这两个地方也是件让人幸福和心满意足的事情。

雍德乐，雍德乐，米勒20多年前就在这里工作，经历了雍德乐的低谷期，也经历了它的辉煌期。

现在的雍德乐，是法兰克福的一个地标，立在市中心购物大街的最显眼位置。6层商场，观光电梯，景观餐厅，最有口碑的品牌入驻，让人感觉舒适的布局，精美的设计，不同主题的装饰……这里，每件商品的呈现都是最完美的，每个角落都明亮而干净。所以这里每天都熙熙攘攘，六部上下电梯时刻都搭载着拥有大好购物心情的观光客。

米勒背着手，去不同的楼层欣赏这座购物大厦。

二楼有宽敞的休息区，除了木质长椅和免费饮用水外，还有大株的绿色植物围绕，营造出一个舒适的氛围，能缓解购物带来的疲惫。

米勒看到长椅上躺着两人，赶紧过去查看。却发现是两张熟悉的脸，这让米勒有点不高兴——这一两年来，可能因为经济不是很好，有一些失业的人，无所事事，就跑到商场里来，看看逛逛喝喝坐坐。这些人来购物商场是一分钱也不会花的，他们就是想找个好环境的地方消磨时光，反正有社会救济金呢，哪里舒适就去哪里消耗时间。若他们就在休息区里坐坐，米勒也就给予方便了，可是眼下他们竟这样大模大样地躺在长椅上，一来行为不体面，让这么漂亮的商场大大减分，二来侵占了真正想要休息的购物顾客的资源，让购物者手拎数个拎袋却无休息的地方，这是商场的失职。

米勒客气地请不花钱的观光常客坐好，在公共场所保持良好的行为规范。失业者揉揉眼睛，茫然四顾，看到米勒胸前的工作人员卡片，才明白过来，嘟嘟囔囔地起身，走了。

望着专蹭商场好环境的、且有着大把时间的无业者的背影，米勒叹口气，他们不过是转战不同的楼层而已。一个商场里若有四五个这样不守秩序的人，这个商场的形象就下跌一半了。得想个办法，让安保人员设法换掉长椅子，换上带扶手的单人椅，再或者在休息区里安排一个卖冰淇淋的可爱小铺，既可以增加收入还能顺便请走没有购物目的的失意者。

是的，米勒会用尽办法，让商场像他想象中的那样理想和有序。

10

施黛芬妮在和米勒一道游完泳后，不想回家，先到米勒家来喝杯咖啡。

米勒与芳邻施黛芬妮的关系介于老朋友和老情人之间，搂搂抱抱和打情骂俏都会有，因为年轻时俩人好过。后来米勒丧偶，施黛芬妮离异，按理正好可以再续前缘，不过人的感觉就是那么怪，当年成不了的，现在好像也仍然缺点催化剂什么的。

米勒一边给施黛芬妮冲煮咖啡，一边打开冰箱看看是否有好吃的东西可以拿出来享用，可惜没有。

施黛芬妮很能体谅，喝了一口咖啡，说："下次给你们带个蛋糕来。"

米勒赶紧找出些糕点点心，这样，下午咖啡的餐桌上总算有了些花色。

"现在两个孩子还省心吗？"施黛芬妮问。

"不省心。"

"大的有女朋友了吗？"

"他也不跟我说。"

"你当爸的要留意点……他这么帅，肯定会有女生喜欢，你要多操点心。"

"他谈恋爱，我操什么心啊？"

“告诉他要正确使用该使用的工具，比如安全套。别一激动就忘了。”

“貌似还没有。”

“他这样的年龄，说来就来的。当年的你不也是？还三次都没成功呢！”

提起纠结往事，米勒讪讪地笑。

这时，邻居家传来了哭泣声一般的小提琴声音。

米勒赶紧说：“幸好我的孩子没有这样大规模地祸害邻居。”

施黛芬妮笑着说：“皮特，你知道你家的新邻居吗？我见过他，他好年轻，有两个孩子，女儿很漂亮，儿子很聪明。”

米勒不置可否：“小提琴能拉成这样的，确实超出常人所能。”

施黛芬妮捶了他一拳：“皮特你怎么说话这么不绅士，人家不过是个孩子，才10岁的孩子，那天我见到他，正捧着个足球，见面就问我：‘阿姨，请问哪里有足球场？’我给他指了方向后，他还跟我说：‘阿姨，我们是刚搬过来的，就住这里，欢迎你来我家玩，我姐姐可以弹钢琴给你听！’皮特你瞧瞧，多会说话的孩子！”

弟弟拉琴成这个样子，姐姐估计也好不了多少。米勒在心里暗暗说道。

米勒如此不看好邻居，是因为这邻居真的老是制造噪音，这让米勒很头疼，不久前是装修，现在是小提琴，而且看来这哭泣的琴声一年半载不会改善。

“新邻居给发请帖了，你收到了吧？”

米勒点点头。

“感觉新邻居好用心的，你看那请帖多漂亮，而且，很多邻居都收到了呢，那派对会好大的。对了，皮特，你带什么礼物去？”

“鲜花呗，还能什么？”

“我琢磨那份邀请，好像没有女主人，就是父亲和两个孩子，情况与你差不多，那我就烤个蛋糕去吧，提拉米苏的，怎么样？”

“没见你收个邀请也这么开心的。”米勒有点小醋意。

“那当然，我们这个社区好久没有派对了，多寂寞呀，上一次派对是什么时间？老布过生日搞了一次……哦，我才发现呢，连着两个派对都是在老布家的大花园里搞的，哇，这花园街56号，热闹呢！”

“是够热闹的！”米勒看着施黛芬妮兴奋的脸，轻声嘀咕。

老布家的派对……但老布这么好的聊天伙伴已经不在，代替的是个刚过了招的傲气土豪。这派对有啥意思呢？

米勒在浴室间里特意打扮了一番。今天要与那个半明半暗地交手了两次的新邻居见面，心里有点小忐忑。男人与男人一比高低的心理，其实与女人差不多，只不过既要看起来平常，更要在细节处透着不平常，这才是致胜之处。

两个孩子也都穿上了干净体面的衬衣和牛仔裤，前往花园街56号，去恭贺邻居的搬迁之喜。除了鲜花之外，按照德国传统，米勒还在一个精致的纸袋里装了包装精美的盐和面包。

走在那短短的路上，米勒的心情并不怎么好，时过境迁，物非人非。老布不在，老花园也不在，这一趟去贺喜一下，以后估计也再没必要去这个大花园子了。看看，以往老布在时，他想去敲门就去敲门，轻松自在得很。而现在，怎么心情倒是有点暗中比赛的意思呢，他也觉得累啊。

但是两个孩子却是快活得很，小儿子汉斯甚至还问：“我想知道那中国邻居是否会教我功夫？”

米勒瞪他一眼："要学功夫，你能先学会骑马吗？"

小汉斯眨巴着大眼睛，不说话了。

摁住一个瓢，另一个瓢又浮起来——大儿子卢卡又说："我真好奇中国邻居的家是怎样的？听说中国孩子都很聪明的，不知有没有我这样聪明呢？"

米勒看他一眼："当然没有你聪明，人家学琴来折磨邻居，你才不会这么做对吧。"

当米勒摁了门铃后，一个穿着白裙子的东方少女走出来，好一个漂亮的姑娘呢。

"我叫雪儿。"女孩落落大方地迎接他们进了后花园。

"嗨，我叫卢卡。"米勒感觉旁边儿子的笑容突然超级灿烂，并迅速抢过老爸手里的鲜花，殷勤地双手送给她。

姑娘笑着接过。

"我爸爸正在接待一批邻居，他很快会来欢迎你们。"姑娘的德语稍微有些异国口音，但是很顺。

穿过侧面的小花径进了前花园，米勒惊异地发现，装修过后的中国版花园竟然可以那么优雅。假山、竹子、松树、小桥、池塘、喷泉、金鱼……这是一个完整的生态圈呢，可远比德国的花园要层次丰富呢。

一溜儿的邻居们，正或坐或站，手拿小啤酒瓶或者葡萄酒杯，有的四处好奇张望，有的围着新房子的主人询问。

主人马里见有新邻居来，赶紧迎接。

"衷心欢迎您搬到我们这片社区！很高兴您成为我们的新邻居！"米勒说着这话，心里捣鼓着自己怎么这么言不由衷。

“谢谢谢谢，前段时间我打搅了大家很多，希望我以后能为社区多做些贡献。”这马里倒是言辞实在。

两人没多说几句，另外一个邻居闯到他们之间，手指假山旁边的一个小凉亭，好奇地问马里：“我们几个人一直在想，这个四面透风的小房子是做什么用的？又不能当工具房，也不能遮风挡雨，甚至连个座位也没有啊……我们想破头了，都不知道这个小房子有什么用！”

米勒一看，果然有个没墙壁的房子立在那儿。

马里笑着说：“在中国，这叫亭子，是一种诗意的建筑，不是为实用，而是为美观。当然，要说实用，其实也是很有用途的，比如两个好友搬个小桌子一起喝茶，一起下棋，一起聊天。”

“下雨下雪了咋办？”

“那就赏雨景赏雪景啦。”

那邻居频频点头：“哇，那真是有诗意啊！”

米勒琢磨着那房子，撇嘴暗想：只有脑子坏掉的人，才会下雪天跑到那个四面透风的房子里去下棋。

马里显然有很高的情商，米勒粗粗估计了一下，来客不少于40人，而且对于马里来说，这40多位邻居不少是第一次见面，可是他能以一对四十，在短短时间内记住名字并能谈笑风生，不容易。

施黛芬妮今天穿了条漂亮裙子，在新邻居面前，不知因为什么话题，笑得花枝乱颤。

米勒心中有种小醋意，他走到施黛芬妮旁边，给她递过一杯香槟，趁机听听他们聊什么。

“施黛芬妮，你知道你这个名字多好听吗，我想从你的名字里取出三个字，送你一个中国名字怎么样？”马里说。

“好啊好啊。”施黛芬妮笑容里有惊喜。

马里沉吟一会，然后说：“就叫石黛芬吧，石是中国常见的一个姓，黛，青黑色的意思，芬，就是一种香气，这个名字的意境，就是在一片宁静的小村子里，青山如画，炊烟袅袅，若隐若现地飘来香味，是花的香，稻的香，人的香……”

施黛芬妮几乎要沉醉了：“这么好听的名字啊，真的像一首诗一样，中国文字怎么这么有趣呢……嗨，皮特，我有中国名字了，以后你就叫我石黛芬吧，你们都叫我石黛芬吧，我好喜欢！”

马里冲着施黛芬妮一碰杯：“好的，可爱的石黛芬小姐，那我可不可以不称呼你的姓，直接叫你黛芬呢，那意思就是水墨色的袅袅香味。”

“黛芬，哇，好啊，就叫黛芬！”

米勒看着施黛芬妮，不明白得了一个中国名字的老朋友会怎么如此兴奋。

米勒转身，发现大儿子卢卡正对着雪儿姑娘，聊得眉飞色舞。

除了丰盛的中式自助餐外，马里还在一个小桌上为邻居们备下了中国式小礼物：水晶生肖小雕像。

原本这是给孩子们准备的小礼物，希望给孩子们一些惊喜，想不到一样受大人的热捧。当得知马里备货充足时，每人都忍不住要挑选一个专门属于自己的小动物。

施黛芬妮挑了一个可爱的小猪。

“哈哈，我的芳邻，你可是泄露了你的年龄了啊。”马里哈哈笑着对施黛芬妮说。

施黛芬妮耸耸肩："没办法，你们中国人聪明。"说着，她从12个小动物里挑出了一个猴，递给米勒。

"这是你的，皮特。"施黛芬妮说。

"原来您也属猴啊？"马里问米勒。

"是哦。你也是？"米勒不经意地问。

"对，我也是。"

施黛芬妮一听，就忍不住细细打量俩男人，显然是在比较，然后她问了一句让米勒很不是滋味的话："马里，你看起来是比米勒年轻，可是，你会年轻12岁吗？"

马里说："男人的年龄没有商业价值的，不用隐瞒，我45呢。"

在米勒露出惊讶神色之前，施黛芬妮已经张大了嘴巴惊叫，直接一把剑刺向米勒的心脏："哇，可是你的身材比米勒的好多了，看上去也年轻多了啊，你怎么做到的？"

11

马里好不容易从邻居的包围圈中腾出身来与米勒说上几句话。

"刚才我看到您的小儿子汉斯正在与我的小儿子小雨下国际象棋呢，杀得难解难分，他们年纪相仿，也许以后会相处很愉快的。"

"是的，我也看到了。马里，很高兴您的到来，您的新家很美，您的可爱的孩子们，为我们这个安静的社区带来了活力。"米勒与马里碰着杯。

“我真的为前段时间的打搅深感歉意。对了，都是邻居，我想我们以后都可以用‘你’来相称？”马里神情潇洒自然。

“马里，你德语特别棒，了解德国也很多，你来德国多少年了？”米勒看着阳光灿烂的中国邻居，不得不服这个抢先于他买了老友房子的人，没办法，人家就是有实力啊。

“18年了。”

“哇，人生最美好时间都在德国了哦。”

“是的，德国真的是第二故乡呢。”

“那你为什么会离开你自己的家乡呢？很多德国人，都会眷恋自己的家乡的。”

“那时候有些梦想吧，就是想走出家乡的梦想。很多德国年轻人，也都有一颗想要征服世界的心，所以去美国，也去中国。”

“不到20年时间，你就拥有这样的成绩，马里你真的是好能干啊。不过，也许就是德国的自由环境，才能给你这样的机会吧？”

“可能我去其他国家，比如美国，会更有钱呢……但是，并不是能挣钱，就是人生的唯一目标。”

“那看来马里，你是不是想从政了？因为在自由的西方国家，对于很多挣了钱的富人，从政会是更大的目标。”

“我若从政，目标是为了公益。”

“马里先生，你真的太了解德国了，你肯定很喜欢看政治人物的访谈节目……要不，我们不谈政治，我能否问问，你在法兰克福做什么呢？”

“我有一个小小的公司。”

“多少人呢？”

“不多，十来个人。”

“德国有很多中小企业，家族企业，都不大，但是做得很好，有的家族甚至多代经营，所以公司的强弱，不在于员工多少，而是质量和创新。”

“我很赞同你的观点。”马里与米勒碰杯。

“我在一家商场当总经理……我的20多年职场时光都在那家商场里，从最基层的职员做起。我的家也一直在这里，就在这条街上，快20年了。”

“可以想象你是一个很顾家的人，相信你也肯定是位很好的经理。”

“唉，怎么说呢，想努力做好吧，但是这个世界变化很快哦，几乎有点赶不上趟，比如现在你们中国的力量，就越来越强，我们商场，就会按照市场的需求，去创建新的模式和秩序……我也不知道这样好不好，因为原本我们有自己的秩序，那是一种井然有序的秩序，但眼下，也许就会变。”

“其实任何时间都是在新旧交替中的，只是有时没感觉到。”

“也许吧。”米勒耸耸肩。有时候，与不太熟悉的人说说工作的事情，也是一种释放，因为新邻居不会同自己的工作有交集。

“很不错的香槟，谢谢款待哦。”米勒再次向马里致谢。这位新邻居的品味不错，这款来自南德的起泡酒，确实口感很好。

“你若喜欢，那我很开心。待会儿尝尝中国餐，专门从中餐馆里定回来的。”马里与米勒碰杯。

马里准备的中式晚餐看起来就让人很有胃口，大家兴致颇高地准备品尝。

就在这时候，施黛芬妮突然一阵惊呼：“你们看，好美啊！”

是的，马里的中式花园在夜幕时分展示了独特的美丽：人工池塘和假山上的流水在小水泵的作用下互相贯通，小木桥与小走廊下的流水在月光下碧波荡漾，散落在草地上的节能灯映照着凉亭，亭台那弯翘的檐壁与天边的弯月相映成趣。

当邻居们终于明白这个中国园林式花园的妙处时，都情不自禁拿出手机拍照。

米勒也看呆了。

他终于知道那个四面透风的房子，原来真是为了看风景用的——而这样美的自然风光，镶嵌在东方的建筑韵味里，如此别致的风景，他第一次见到。

造个这样四壁透风的房子，值得！

但真正的高潮时间，是马里家那与自家儿子卢卡同龄的女孩，那个叫雪儿的17岁东方少女，落落大方地坐在面对着大花园的三角钢琴前，为开始进餐的新邻居们献上一曲《绿袖》之时，很多人都惊呆了：这几乎就是专业水准啊。

那一晚的聚会，犹如一场多元素的艺术演绎：园林、美食、音乐，还有青春动人的容颜。

一曲西方名曲完毕，雪儿又开始弹奏东方的曲子——《月亮代表我的心》，对着今晚的月夜，很是应景。虽然德国邻居们并不知道这个曲子，但是感觉真美。

卢卡一眼不眨地看着钢琴面前的白衣少女，有着魔的感觉。

曲子完毕，在众邻居长久的鼓掌声中，马里向大伙淡淡地介绍女儿：16岁不到前往德国，以前一直在中国念书，是游泳健将，是骑马高手，10岁时就拥有九级钢琴证书和小提琴证书，还曾经是奥林匹克数学冠军。

少女向大家微笑致意。

多么可爱的女孩子啊，这么多才多艺，没有人会不喜欢她。

米勒看着这个与自己儿子同龄的姑娘，喜欢的同时心中又有些酸味：相比刚才姑娘的弹琴水准，自己儿子的那几个拿手曲子真是不能叫钢琴曲，哎，这孩子与孩子的距离，还真是大呢。

米勒回头想瞪一眼自己的儿子，却发现，儿子卢卡看邻居女儿雪儿的眼神，完全就是两簇熊熊火焰啊。

好了，新邻居一来，自家沦陷了。

12

周一早上，米勒一到办公室，秘书就给了他一个文件夹，第一页就是当日的安排。

看一下腕上的手表，再过半小时，就要与那家名为“爱海”公关公司的老板见面。

合作方的老板名叫约瑟夫·马。米勒知道，这位马先生将会是个难缠的客户，米勒让秘书再去检查一下会议室，确认咖啡以及其他饮品是否充足，热水是否有保证，还有多媒体的设备是否都正常。尽管合作是不可改变的定局，但米勒面临的任务，是要在合作上尽量地争取主动，别人家提的要求只能一味接受，那也太被动了。

一切准备就绪。

当秘书进来告诉他，客人已经准时到达时，米勒整了整西装，从办公室出来，气宇轩昂地进了会议室。

会议室有两人已经在座。

米勒向来客热情地伸出双手，但随即愣住了：约瑟夫·马就是周末刚刚把酒言欢过的新邻居马里。

在米勒稍稍发愣之际，马里伸出双手，握住米勒停在半空中的手，并晃了几晃，米勒才回过神来。

米勒和助理，马里和助理，坐下来商谈正事。

“马里先生，很高兴贵公司与我们雍德乐能够达成合作，一方是中国的大量热爱购物的游客，另一方是法兰克福最气派的大型商场，我相信这两者的强强合作，能带来双赢的效益。我自己也会尽我最大的能力，为我们的合作，在执行上做到最强。”

米勒说得诚心诚意。

马里开门见山：“是的，我们正是看到了合作的美妙前景，所以，我们公司在前期准备中也与贵公司有了一些沟通，并提出了一些建议。但是，好像贵公司的一些跟进措施，似乎还欠缺一些力度。”

马里的气场，一如米勒最开始与他见面时，那跨进玛莎拉蒂然后绝尘而去的果断和利落。

“马里先生，您要知道，一些操作，并不是我一人当场能够决定；有的条款的合作需要时间，有的条款的合作需要空间，有的条款的合作需要更多方面的配合。这点请您理解。”

马里笑着说：“我非常了解米勒先生的工作风格，米勒先生是一位极其讲究秩序的管理者。今天我带来的资料不多，但是第一手信息，我愿意与米勒先生一起分享，以便让您能更好地了解中国的世情风俗以及人文习惯。了解这些，我相信会对我们的合作有更明显的促进作用。”

米勒很明白，马里是在提醒他这个雍德乐的法兰克福经理，还没有正确估计到“爱海”公关公司合作方的重要性。

这种不委婉的提醒让米勒颇为不爽。

米勒坐在那里，等待马里展示资料。

马里带来的资料，是一份购物单。

多媒体大屏幕上立即显示出了那份手写的购物单，因为是中文，米勒神情有些不解，马里立即翻译和解释：“这是我向一位刚刚结束旅游、刚刚按照购物单购完原定购物计划的游客要的单子，本来她要把这个单子扔进垃圾桶，我觉得这份单子很有代表意义，就请求她把这个购物单留给我，她答应了。这位游客是来自杭州的一个记者，是中国东部城市的一个颇有代表意义的白领。我看了一下，她的购物单有这些东西：莱卡小相机一部，预算2000欧元；德国品牌包包三个，每个预算500欧元，共1500欧元；Rimova箱包两个，每个预算600欧元，共1200欧元；手表两个，一个预算3500欧元，一个预算1500欧元，共5000欧元；欧版服装若干，以风衣和大衣为主，预算1500欧元；刀具一套，预算300欧元，高压锅两个，预算300欧元，其他厨房用具，预算300欧元，厨房用品加起来约1000欧元；居家用品，有品质的小东西，预算500欧元；以上单子中的物品，是给她和先生两人的小家庭的。但是，中国人外出旅游，买的东西绝对不止自家的，他们还有另外一张购物单，那是人家请求帮忙捎带的，请看这张单子的下面部分：二线的德国品牌包包五个；高压锅两个；手表两个；奶粉，多多益善；……”

马里翻译到此，不再翻译，而是望着米勒。

米勒显然被这样一份购物单震惊了，毛估也有近2万欧元。

“米勒先生，现在你可以了解中国市场的庞大吧？而法兰克福的雍德乐，将可以让中国游客完成一站式购物，这对于因为连续旅游而身体疲惫的，又还有大量购物计划的游客来说，这也是他们的需求。在这两者的需求之间，就是我的平台在连接……”说到这里，马里戛然而止，不再继续。

米勒知道，这位精明的中国商人就是因为他的“平台”——不是他那个有十多名员工的公司，而是他苦心经营多年建成的有着上千华人导游的俱乐部——所以截下的话头里可以给人留下丰富的想象。

13

马里的助理小刘发动玛莎拉蒂，车子平稳地疾驶在回公司的路上。

小刘问老板：“马总，你觉得那个米勒，会全部按照我们的方案来进行合作吗？”

“会，肯定会。”

“你怎么能那么确定？”小刘好奇。

马里笑了。

为什么会？因为马里的“爱海”是雍德乐唯一的选择，只有一家，没有第二。但雍德乐并不是“爱海”的唯一选择，连锁大商场在德国有好几家。若马里动了心思要选择另外的合作伙伴的话，雍德乐的市场总监吉姆估计要对米勒大发雷霆了。

选择与被选择，这是一个残酷的命题——当两者之间并不对等时。

当年，马里还在大学攻读博士学位时，当教授提供了三年的奖学金后告诉他，因为项目资金紧缺，他不能再继续给他同样的资助了。他眼下面临两个选择：要么放弃教授另选大学另择师门，要么接受奖学金减半的苛刻条件。

教授的门下有十来位门徒：亚裔三位，其他都是德国本土或者欧盟学生；被砍掉奖学金的学生都是亚裔。

突如其来的变化让三人慌了手脚。尽管选择貌似不是那么苛刻，还有自由度，但其实，教授提出的第一方案是不可行的，因为他们都是拿一年一签的留学签证，最多两年一签，放弃教授另投师门意味着从头开始申请，万一申请不顺利，到了该换签证的时候却还没搞定新教授，那就意味着一切归零——你是外国人啊，移民局说不给你签证你就得立马走人，哪里来回哪里去啊。相比而言，德国本土以及欧盟境内的学生没有地域和签证的任何限制。

所以，明摆着的，他们只有一条路可以走：接受只有一半奖学金的条件，但要为教授干双倍的活。

同样也是明摆着的：教授没法在本土学生和欧盟学生身上省钱，因为若克扣他们，他们就会一走了之。但是教授的项目，其实需要每一个合作者的努力。所以教授只能把紧缩支出的大刀落在他们三个无辜者身上。

当时马里刚离婚不久，身心疲惫，此招一出，又是一种压力。原本还有1800马克的收入，原本马里要省吃俭用为女儿买架钢琴，但现在只有900马克的收入，如何够用？

但是教授不管，他只需要马里作出选择。

马里咬着牙，签了900马克一个月的奖学金，这个数字，是马里所知道的绝无仅有的最低博士生奖学金。

所以，一定要超过啊！只有超过了，才能不被压榨，才能得到真正公平，才能实现自由选择……

“你还没说呢老板，为什么你那么确定？可我都捏一把汗，因为我感觉，我们有的条件，好像是有点苛刻啊。”

小刘的问话让马里从回忆中回过神来。他笑着拍拍小刘的肩膀：“因为合作能让他得到他要得到的东西，所以他会签。”

这几天，卢卡一直在脸书上给雪儿发信息，但是雪儿总是没回复。

餐桌边，见卢卡没心思吃饭，米勒淡淡地说了一句：“若当初你好好练琴，也不至于现在让女孩子觉得你功力不行。你若弹琴比她还高两个级别，她会不理你吗？”

听了老爸的话，卢卡哭丧着脸对餐桌对面的弟弟说：“汉斯，哥哥的血泪教训啊，你一定要学点什么本事，比如国际象棋，见人就杀，肯定能帮你找到女朋友！”

汉斯眨巴着眼睛：“我与小雨下棋就够了。”

米勒走到窗户旁，打开一扇窗，难听的小提琴声音从隔壁传来：“听听，人家的琴拉得再难听，可是每天雷打不动一小时，但是你，汉斯，连一周两次的骑马都不能坚持！”

说完，米勒又把窗户关上。

这就是自家孩子怎么也赶不上人家的原因——就算人家没这个能力，但起码有这个态度。

卢卡不说话了，汉斯也不说话。

卢卡乖乖地往面包里涂抹着黄油。

叮咚，手机上一声轻微的信息提示，没人能听到，但被卢卡敏锐地捕捉到了，他立即找到手机，然后兴奋的表情一览无遗地展示在脸上：雪儿回复他了！

卢卡三口两口啃完面包，一擦嘴巴，拿着手机跑回自己房间。

“雪儿，谢谢你愿意回应我。你好吗？”然后在手机屏幕上搭上一张媚笑的脸。

“卢卡，谢谢你的关心，我很好。”

“很高兴认识你，很喜欢你的声音，你真美。”接着又搭上一束鲜花。

“谢谢。”

“我很喜欢你，雪儿。”

“谢谢。”

“若你除了谢谢之外，还能说点其他的话，那就更好了。”

“谢谢。”

“我们还能再见面吗？我想多了解你。”

“我们是邻居，肯定会路上遇到。”

“我想的不单是路上遇见的那种见面，比如，我可以约你一道吃早餐吗？或者你有空的时候我们去莱茵河边骑车？”

“你是说像男女朋友那样的约会吗？”

“是的，我想和你互相了解。我很喜欢你，很想念你！”卢卡又大胆地搭上一颗火热的心。

“可是我已经有男朋友了。”

“啊？真的？同学校的？是谁呢？我要竞争！”

“他在中国。”

“什么……雪儿你不是跟我开玩笑吧？”

“不开玩笑，我们有共同语言，他也是学琴的，我们好了两年了。”

“可是，他在中国，你们，你们怎么谈恋爱啊？”

“电话，写信。”

“啊，雪儿，这是不可思议的！”

“为什么不可思议？”

“因为谈恋爱是要在一起的，是要身体的亲密接触，要每天拥抱，每天亲吻，甚至做爱，这才是谈恋爱，你们隔着上万公里，能谈吗……”

“卢卡，你想得太多了。我不跟你说了。”

“雪儿，雪儿……”

“雪儿你听我说呀……”

“雪儿你别生气呀！”

但是脸书上，雪儿再也没有回应他。

卢卡叹口气，不知道哪里得罪了这个东方女孩子。谈恋爱就是要身体亲密接触的呀，中学老师这么说，当初爸爸妈妈也是很恩爱地亲啊抱啊的呀，她怎么一听自己这样说就不高兴了呢？

14

法兰克福“雍德乐”商场开始了与中国“爱海”的试验性合作。

那条关键性的合作协议被马里攻下来了，就是中国客人要当场拿到退税现金——因为导游要从商场这里拿回报，而回报是以顾客的购物量计算；顾客的购物量在退税的时候得到衡量（当然退税手续不能简化，出示护照和填表是必要的），而导游在事后通过展示顾客的护照复印件从而得到回报的确认（证明这批游客是他的客源）。这是一个精巧的合作环节，从市场角度上说，人人受益，无人受损。

当然，也只有“雍德乐”，这个在德国存在了一百多年的大型百货航母级别的名字，能破格获得当场拿到退税现金的优待。

马里知道，这个联盟将是他事业的又一个起点。在德国的华人导游界，他已经登上了隐形的江湖老大榜。

在合作之前，助理小刘特别给“雍德乐”的部门经理以及重要柜台的导购员讲授了“中国人购物指南课程”。

一整个会议室的人在齐声念着几个单词：“我要了！”“我买了！”“我全要了！”“请帮我包好！”因为这几个词对于中国游客来说使用率最高，德国员工一定要听懂它们。

德国导购员记这几句话很用心，这是让人心生欢喜的话，有的甚至用德国的拼音来标注发音。

小刘说，中国人购物喜欢气派，一有表现气派的机会，原本买一个的会买两个，原本买两个的会买四个。中国人购物也像浪潮，或者像金枪鱼群，有人在浪潮中当个弄潮儿开始购买了，后面一群人就紧跟着，而且买的很可能是一模一样的。

德国同事面面相觑。看到他们疑问的眼神，小刘想解释，但又解释不清楚，于是挥挥手说，习惯了就好。

小刘又说，中国人没有充裕时间——要购的物实在太多了，而且中国人很需要服务，因为中国国内的服务就是几乎到了衣来伸手饭来张口的地步，比如当他看中了什么东西，在让导购员取商品的时候就掏出皮夹里的大票子塞过去，注意，那不是在给小费，而是让导购员帮助去付钱，他好继续搜索商场里的其他宝贝。所以，需要服务的时候，导购员一定要不遗余力提供服务，这点小付出只会给商场带来更多的生意。

德国店员明白了：导购员还要起到侍应生的作用。

小刘还说，相比本土顾客逛商场的闲情，中国顾客的逛商场是打仗，他们实在没有时间一来柜台就问好，离开了还要说谢谢再见，他们真没时间，他们一来就扫货，扫完货就走，甚至连看一眼导购员的时间都没有，所以遇到如此迫切的顾客，请一定要理解，他们不是不礼貌，他们不是没风度，他们只是觉得购物比打招呼更重要。

德国同事又齐刷刷地在小本子上记：没时间打招呼问候的一般都是中国人，尽管显得没风度，但他们会购物！购物比打招呼展示风度更重要！

……

“爱海”旅游咨询公关公司的工作非常细致，这个“中国人购物指南课程”显然是非常重要的一步，为开门红预热了一把。

当小刘电话里兴奋地告诉马里，万事俱备，只欠东风，马里“嗯”了一声，就平静地挂了电话。

小刘看着手机，知道这就是自家老板的风格。

马里独自坐在大花园的凉亭边，看着池子里的乌龟、红鲤鱼、大尾巴金鱼自由游荡，而睡莲的可爱叶子正轻轻颤动在微风中，如果再有一个面容姣好、身材灵动的女子袅袅走过那木质的小桥，那将是一幅非常安宁的东方园林风光图。

可有人知道，安宁，其实是一种多么奢侈的东西！

不仅人，连小金鱼小乌龟小兔子也是。

马里点燃一支烟，看着池子。他想起了10多年前。

10多年前，他在一家餐馆打工。

那时他已经与简雪离婚了，而且简雪还狠心地带走了女儿。家里已经没有任何可怀念的东西——只除了女儿买的两个小乌龟，养在一个漂亮的玻璃水池里。

因为马里的奖学金少得可怜，为维持生计，除了暑期三个月都要去更有工作机会的斯图加特打工外，其他的时间他会去中餐馆打工——他德语好，当跑堂有不错的小费。

因为经常不着家，他只得把两只越长越大的乌龟送给了餐馆老板娘。

老板娘看到有人白送两个宠物再带一个很大的玻璃水池，自然乐意，于是就放在餐馆大厅的显眼处，让客人观赏。

中餐馆的人手本来就少，老板老板娘自己做跑堂有时都忙不过来，根本没有时间打理水池，当客人几次提醒需要换水而老板娘没有时间换后，有客人说要告他们虐待小动物，要罚款。

老板娘嘀咕着只好让员工换水，换一次水要一小时，一小时的员工费用是10多马克。若每月换一次水一年就是一百多马克。老板娘觉得亏了，为以后考虑，还是买水泵好。但是当老板娘看到一个换水水泵要50马克——远超过两个乌龟的价格时，她立即给马里打了个电话，让他取回两个乌龟，她不要了。

马里也无时间抚养啊，就支付了水泵的费用。老板娘终于重新接纳了两个乌龟。

但是认真的德国人一茬接一茬。来餐馆吃饭的另一批德国客人看到乌龟所在的水池没有栖息的露台时，又提意见说，乌龟不是金鱼，乌龟会爬行，所以在水池里需要放置一个能供其上岸的栖息地，不然，依旧是虐待小动物。

一个水池里的宠物露台要80马克，老板娘又让马里把乌龟取走，她不要了。

马里又掏钱买了露台。

善于保护小动物的德国人终于闭嘴了。

此事终于能安歇一阵了，两个乌龟也不会因为抚养他们的主人没有太多的余钱关照它们而要四处转手，而马里，也能在跑堂休息的时候喂养一下乌龟，怀念一下当初女儿在身旁的快乐往事。

但是，老板娘最终还是抛弃了乌龟：她的中餐馆开不下去了，餐馆里的很多东西都要拍卖。所以，乌龟的命运只能是要么马里把他们接回家，要么被拍卖掉。

那时马里已经当起了导游，那种不着家的状态让他根本无法接收宠物——他的家里除了蟑螂之外没有其他活物。

马里不知道，女儿的两只乌龟最终去了哪里。

女儿懂事，15岁回到德国后，根本没有问过他关于那两只小乌龟的下落。

乌龟可以有百年的寿命，若日子安宁，女儿的两个乌龟，本可以陪伴女儿，陪伴女儿的女儿，陪伴女儿的女儿的女儿……

当马里静静地抽完一根烟，准备站起来去工作时，池子里新买的两只小乌龟正以缓慢的龟速从人造沙滩上爬去清澈的水面。

“你们就安宁幸福地生活在这里吧，我们以后不分离。”马里心里轻轻嘀咕道。

在“雍德乐”气派的大门口，挂起了巨大的招贴，上面就四个汉字：欢迎光临。

每一层电梯处的指示牌全部换新，使用六种语言，第一排名的文字就是汉语，并印上了红艳艳的国旗。

在菲仕乐、双立人、WMF等著名餐具专柜，都贴上了中文标签，用中文详细说明不同锅具的用途。在中国人喜欢的Rimova专柜前立了汉语提示：我们有专业的中文导购为您服务。在狼爪品牌专柜前，一个醒目的提示贴在窗前：我们会中文。莱卡相机的专柜比较有特色：全程中文解答，但请勿还价。名牌手表专柜最贴心：请慢慢比较，我们的中文翻译随时提供服务。

这个阵势让马里很是满意，米勒也舒了口气：商场新招聘了十位读经济管理的中国留学生来当实习生，成本不算很高。

第一周的效果是显而易见的。“爱海”的导游俱乐部显然早做足了功课，数量可观的旅游团当天来了好几个；人来人往的法兰克福市中心本来就有来自各国的游客，尤其以中国人为多，这样抢眼的中文广告一拉，中国游客也就纷纷进了“雍德乐”的大门。一时间大商场里充塞着黑头发黄皮肤的人。

“雍德乐”迎来了本年度的第一个购物高峰——中国买家真是让人热血沸腾啊。

一群人挤向餐厨专柜，像集市里抢特价商品一样，人手一个或几个锅，把一旁的本土顾客惊得目瞪口呆，不知这锅怎么啦。

手表柜台失去了以往的高雅、宁静，除了大牌外，几百欧元的时装手表很受欢迎，犹如圣诞节前人人要买礼物一样，这里无数双手伸向服务员，人手好几个。

排队买狼爪不是稀奇事，问题是，有人把同一款的衣服买断了货——丈人大舅姑妈姨夫什么的，一人一件。

商场的地下层是个超市。当得知超市购物也可以享受退税后，半小时之内，货架上的所有婴儿奶粉全部抢空，一个德国妈妈没预料到这情况，拿了两盒奶粉放在一旁自己去找另外一些东西，回头发现那两盒奶粉也没了，急得大叫。

……

米勒第一次感觉商场如战场，购物如秒杀，战场上的战士会杀红眼。

一个团队进入，如旋风入侵一般，席卷一空，待走后，服务员得立即补货。

当天，米勒发现了最开心的事情：与“爱海”合作后，那几张熟悉面孔、经常没事来蹭商场的失业失意人再没在商场里出现过——因为休息区已经被挤爆了。

15

但是，米勒头疼的事情也接连而来。

第一周，商场接到的投诉远多于以往。

雍德乐商场什么服务都好，但最大的一个缺陷是，不是每一层都有客人洗手间。具体哪几层有洗手间，要在电梯前面的每层专柜信息或者手触式电脑显示屏上查看，但中国客户等不了。在没头苍蝇一样转了一圈找不到洗手间后，憋急的孩子就在父母的授意下找个角落解决。一周之内，有三四起中国孩子随地大小便的事件！这让德国顾客目瞪口呆。

米勒担心的德国失业者蹭商场的情景没了，但是很快，换上了新的让人操心的事情：在那片宽敞漂亮的休息区，逛累的中国游客，蹲坐地上，解开鞋带，脱下袜子，抠起了脚丫子——这情景，好像比失业者躺长椅更让人难为情一些呢。

一群群的游客堵在走道上，他们争相交换着看各自购买的东西，嗓门够大，神情够亢奋，笑声够爽朗，让德国本土顾客面面相觑。

……

原本让米勒引以为豪的法兰克福“雍德乐”的有序感被打破了，秩序全乱了！

米勒忙于在办公室里电话解决各种奇葩的突发问题。这都是他没遇到过的问题。待到晚上8点钟商场打烊时，米勒还在为一个德国客人的投诉而烦恼不堪，那个德国客人说他正在排队付钱，突然一群人涌过来，不知怎地就都在他前面付钱了，折腾了很长时间，而且这群人没完没了，走了三个又来五个，收银员把他晾在那里，说人家是个团队，单子想打在一起，如此晾了起码30分钟。在前面15分钟的时候他还是绅士，但是绅士的忍耐度是有限的，一个团5人可以，但是15人20人的团，也要让他一个人在那里等待吗？德国的社会秩序里是没有这样一条无度谦让的！

投诉客人显然口才甚好，滔滔不绝，一口气就是八九百个单词，让人一点都插不进去，连米勒这样经验丰富的管理人员也在他的强大申诉下败下阵来。最终，公关部答应给他“时间弥补金”——一张100欧元的购物券。

德国顾客拿着100欧元购物券满意地走了，没再多一个字的申诉。

米勒把自己的身体泡在大浴缸里。太累了！这种所有工作都被打破秩序的心累程度，绝对不是一般人能够想象的！

米勒闭着眼睛就能摸到浴缸边缘的那一大排洗浴用品。第一瓶是温和型纯植物香波，第二瓶是温和型纯植物护发素，它们味道柔和；第三瓶是加强型香波，第四瓶是加强型护发素，它们能迅速清洁；第五瓶是男士运动型香波；第六瓶是温和型沐浴露；第七瓶是加强型沐浴露。什么叫做秩序？这七个瓶子始终这样地摆放，这就是秩序。

米勒披上浴袍，去冰箱里取点喝的。冰箱门打开，侧门上的最上一层是酸奶；第二层是饮料，而饮料也是有顺序的，分别是橙汁、牛奶、冰茶、汽水，因为这样的摆放最科学，不仅色彩搭配最好看，而且瓶子的外形搭配也刚好与冰箱凹槽的空间相对应；第三层是酒类，香槟、粉红酒、白葡萄酒。

至于酒杯的摆放，那更需要秩序，因为这不仅涉及科学，更要涉及美学！

所有的这些秩序，若被打破，然后重建，人的半侧脑壳就要混乱了！

门铃响了，一看视频，是施黛芬妮带了一个蛋糕来敲门。

米勒才想起来，下午施黛芬妮就说过晚上要带个蛋糕来看看他和孩子们，怎么自己把这茬事给忘光了，哎，还不是因为被破碎的秩序感给折腾的。

米勒赶紧换上居家衣服，开门。

施黛芬妮一进门，眼睛看着刚换上居家衣服的米勒，目光精神抖擞地移到他的腹部，然后就一针见血地说：“皮特，你的肚子越来越大了。”

米勒苦笑，中年男人确实很容易发福啊。

“俩孩子呢？”

“一个在楼上，一个出去玩了。”

“不用叫楼上的下来吃蛋糕吗？”

“算了，人家谈恋爱了。”

施黛芬妮瞪大眼睛：“真的？”随即又嘻嘻笑着说，“不过比你还是迟了点，你当年是16岁就献出初吻了。”

米勒悄声：“还是闹单相思呢。”

施黛芬妮眼神全是不信：“不会吧，卢卡那么帅，那么阳光，脾气那么好，怎么上单行线呢？”

米勒给施黛芬妮倒酒：“爱情的事情，说不清楚。”

怜悯随即加入了施黛芬妮的语气里：“那他会不会心情抑郁啊？”

“大不了不成么，再找一个，少年嘛，有的是探索精神，我的儿子，不会轻言失败的！”

米勒把一杯雷司令端给施黛芬妮。

施黛芬妮与他一碰杯：“那倒是。”

见米勒眉宇之间有着烦心事的痕迹，问他怎么啦。

米勒说：“工作上的事情不带进家里。”

“你说说嘛，我好当你的发泄桶。”

米勒一五一十说起了商场里这一周被投诉的种种事件。他说他都不知道下周会怎样。若继续这样混乱，他都要无法面对了。他真没想到与邻居马里的合作会搞成这样的一个局面。若不及时调整，他对于合作的前景都快没有信心了。

说完，米勒眼巴巴地看着施黛芬妮，若施黛芬妮此时能给他一个拥抱，再一个亲吻，那他就要考虑一把把她抱起来，送进自己卧室里去。

但是，施黛芬妮一听到米勒说起马里的名字，就紧紧盯着米勒凸起来的腹部，然后说："你知道你的邻居马里身材为什么能那么好吗，因为他天天长跑10公里。你也该去跑步了！只有身材好了，精力才会充沛！"

米勒顿时精气外泄——这马里一来，他过的是啥日子啊？

卢卡继续在脸书上不停搭讪雪儿。

"雪儿，明年就考Abi（德国的高考）了，你会报什么大学？"

"要么音乐学院，要不就找个综合大学，我对新闻传播感兴趣。"

"哇，你真能干。"

"但是我的德语基础不好，我才来德国一年多，写作很成问题。"

"你的德语已经很好了，你需要帮助，我会帮你，改语法啦，练俗语啦，我都可以！"

"那太谢谢你了。"

"我喜欢和你在一起！我们什么时候能见面呢？"

脸书上雪儿又不说话了。

等了半天没反应，卢卡继续迂回："雪儿，你会去哪里上大学？"

"德国吧。"

"不去其他国家吗？"

"我喜欢德国啊。"

"听到你这么说，我真高兴。"

“那你呢？”

“我本来想去美国的，但是你若在德国，我也在德国。”

“你是在追求我吗？”

“当然啊，我很喜欢你！”

“可是，我已经告诉过你，我有男朋友了。”

“他在万里之外，所以不可能的！你需要他的拥抱时，他的手臂没那么长，但是我可以！”

“卢卡，可能中国人与德国人不一样，我们想念就觉得很美好，你们却一定要身体上的更高要求，要更进一步，让我觉得很……很尴尬。我觉得我们不合适的。”

“不，不，雪儿，更高要求是在互相喜欢的基础上的，那是爱的证明。”

“我们之间远还没产生爱吧。”

“所以我在努力追求呢……”

没回应。

“雪儿，雪儿，我们什么时候能再见面？”

但是，雪儿又不回应了，任凭卢卡怎么呼叫，就是不回应。

卢卡叹气。

不行，不能这样被动下去，再这样下去要焦虑然后抑郁的——能想象生龙活虎的他抑郁的样子吗？因为玩什么都没力气了呀，可以若能见到她就什么力气都回来了啊！

他找了个中国网站，去网络上求助：一个德国中学生，真心真意地喜欢上了一个中国姑娘，非常非常地想念她，但是她不搭理我，怎么办？

16

律师楼里，马里在三份文件上逐一签上名字，然后合上文件夹子。

“恭喜你，马里先生，到今天为止，法院的程序全都落实，文件全部齐全，您现在正式创建了这个马里慈善基金会。我目睹了您这半年的努力，从发起同仁一道努力，到投入百万欧元的基金，非常不容易，祝贺您实现了理想！”德国律师站起身来，手拿文件袋，伸手向马里表达祝贺。

马里微笑面对律师的祝贺，神态从容。同来的几位理事也鼓掌祝贺。

建立马里慈善基金会，是马里在公司大获成功之后想做的一件事情。男人要成事，就不要怕辛苦；成事以后要留名，就不要怕花钱。这钱就是要花出去的，不花就不是钱，是纸。

但是，给予是门艺术。

怎么花钱最能体现价值呢？慈善基金会。

“马里先生，能否请您讲讲为什么要成立这样一个慈善基金会？”现场的记者手拿录音笔，逮着机会问。

为什么？

马里看着眼前这位年轻英俊潇洒的德国记者，他好阳光啊，估计他的人生中除了生几场病输几场球外，应该没有太多的磨难吧，因为他是德国人，从小就有保障的德国人。

有时候，出身就是命运。从小被体制保障包围的孩子，是无法理解另外世界的一些痛苦。

马里面前的德国小伙子逐渐变成了另外一个小伙子，他也好年轻，黑黑的肌肤，棕色的曲卷头发，虽然很瘦，但依旧很帅，而且牙齿特别白。马里与他，曾在大学的食堂里见过面。他是印度来的一个留学生，也在攻读博士学位。

但是，某个清晨，一声枪响让这个学生的生命终止了。这个来自印度的学生因为不能忍受教授对他的苛刻要求以及不公平待遇，他枪杀了教授，然后自杀了，悲剧震惊了整个城市。

后来查核遗物时，警方发现这个年轻男生所有的遗产不超过300欧元。他从来没有下过馆子，也从没有进过理发店，全是自己手剃头发。他的论文手稿超过20公斤，但是没有得到教授的通过。他在与教授来往的邮件中，诉说他已经很难坚持，贫困，孤单，自卑，但是教授从来不回复工作之外的任何带着情感的邮件。教授说他只负责学业，不负责其他。

教授公事公办地告诉他，他的奖学金断了，教授也不能再为他的签证延期提供证明。于是，这个学生的希望之路也断了。

其实，那段时间马里也有类似的苦恼，但是他幸运，挺过来了。

马里看着德国记者英俊的脸，是的，关于生存的痛苦，关于身份的压力，德国人不会懂。马里似乎又看到了另外一张年轻的脸，一个他认识的中国留学生，来自四川农村，因为经济压力再加上感情的失落，不顾国内还有年迈的父母，找了一条绳子就轻易了结了自己，让国内赶过来的老人痛苦不已，那白发人送黑发人的场景，令人潸然泪下。

后来马里知道，返回中国的两位老人，没过多久就双双自杀。

留学生的日子并不风光，其实风险很高。若不是当初自己意志还算坚定，可能也是折翼的一个。

所以，马里打出了一个“我们资助在德国的外国人”的概念。一来马里自己是在德国的外国人，经历过留学时代，并且在苦苦奋斗中走过，非常知道在困境中的外国人所遇到的种种危机：德国虽然是高福利国家，但是很多福利不给外国人，尤其是还没拿到长居身份的外国学生，他们没有孩子补助，没有失业保险，工作上机会更少，压力更大，所得更低，付出更多；二来外国人本身的资源就更少，没有亲友，情感抚慰缺失，没有本土的文化教育背景，生活和工作中充满文化冲突，要融合就要付出更多代价，不融合就要忍受孤独的折磨，这些都是德国人无法体会到的外国人的痛苦。

若没有共同的经历，把这些故事说给那衣着体面雅致的德国记者听，不知他是否会觉得是天方夜谭？不知他是否认为在德国的每一个人都应该是非常正常和幸福地生活？不知他是否能理解，每个成功的外国留学生背后都有多少辛酸的往事和加倍的磨难？

“第一笔资金100万欧元，投进基金会后就不能再以任何理由取出来，只能用于善款资助，每一笔都要清晰透明，且每年都要源源不断投入资金。当然，法律也授予基金会权利，可以用合理合法的方式在社会上募集善金。我感觉，马里先生任重道远啊。”律师端起秘书送进来的香槟，向马里举杯。

马里也举杯：“我想我以后就是个化缘人了，要四处去化缘拉赞助，不过好在现在有个更时髦的词叫众筹，这让我感觉高大上了很多。”

众人都笑了。

律师看着马里："在德国，慈善和从政常有紧密结合，马里先生是否有从政的意愿？"

马里笑着说："我拿的是中国护照呢，不能参加德国的议会吧。在中国，有不少明星移民海外，他们就被取消了人大代表和政协委员的资格，所谓鱼和熊掌不能得兼。"

律师认真地说："法兰克福有外国参事会，就是只能由外国人担任参事，拿德国国籍的还没有资格呢。外国参事要熟知德国时政，参政议政，建言决策，很有影响力的呢，尤其在关于涉外、移民、外国人事务等方面的条例决策更是作为政府智囊。就是名额极其有限，且没有报酬，以往都是被欧美国家的人士把持，因为他们热衷民主，符合他们的主流价值观。但是马里先生热心公益，积极回报社会，又有自己的成功事业，为何不试着参加竞选？"

马里沉吟不语。

17

周末，马里穿着运动衣，耳塞耳机，轻松跑完了10多公里。这条森林公园里的跑步小道是他自己开辟出来的，途经一个天鹅湖，一片大草地，一个足球场，一片小森林，一圈环下来5公里，但是跑5公里根本不过瘾，所以都会跑两圈，一圈顺时针一圈逆时针。

跑步是健身的好办法，可以随时出发，出一身汗后，越跑越轻松，这个习惯他有10多年了。他的完美胸肌以及健壮的腿部肌肉都是这样练出来的。在德国，好身材的男人远比有钱男人更得女人心，在跑步时，他经常会受到女性们的热情注视。他很清楚，他容易被女人们青睐。一想到这，马里就有种特别的成就感。

可是有人相信吗，这个绝佳好身材却是来自他最贫寒时候的痛快发泄。

十多年前，他心情压抑，收入低微。在学生时代，凭借学生证可以免费使用公共交通，也可以充分使用大学里的体育健身设施，但是当他放弃学业开始走上导游的职业之路时，顿时发现没有了学生的身份，开支一下子变大——因为学生享受着很多的社会福利。一张公共交通卡，一年需要近1000欧元，一张健身卡，一年也需要好几百欧元，哦，他真舍不得！这样的开支，是女儿的20个琴键呢。怎么办？于是把跑步当健身。

谁说穷孩子没有好身材？马里就有一副标准身材，带6块腹肌——全是跑步跑出来的！

第一年，马里跑步纯粹是为了省钱，硬是省出了小半架钢琴。但是一年之后，无须再省交通钱的马里也需要天天跑步了——因为运动让人停不下来。

在不带团的时候，只要有时间，马里就在城市的公园或者绿地里跑，跑得像只雄健的山鹿。好几次，他发现，他跑步时，会吸引几个同样跑步的女生跟上他一程，最初他以为是有人在前面领跑会让其余的跑步者轻松，后来他才发现，那是女生们在赤裸裸地欣赏他的身材！

这个发现真不是他的臆想，因为在跑步中收到“哇，您身材超棒”的赞美已经不是偶尔的事情。更有说服力的是，一次他带团去瑞士，时值冬天，清晨他挤时间去附近湖边跑一圈回酒店，头上冒着热气，而大块的胸肌和腿部肌肉看着让人叹服，如此健康与性感的导游让团里的一名贵气妇人倾心不已，她一定要买一块手表送给他，说“没有歪念头，就是对美好事物的喜欢”。马里感谢了贵妇的好意与慷慨，却坚决不受礼物。

10多年的跑步史，带来的故事很多。

拥有高级健身卡，并不一定就会拥有健美身材；

拥有翅膀的动物，并不一定就会飞翔；

拥有成功的条件，并不一定就能获得成功。

……

计步器显示，马里又轻松跑完了10多公里，计时1小时零5分钟。此时的他，呼吸在平稳的范围之内，神情也在平静的状态之中。

马里回到家里，大厅里没有一人，就去俩孩子的房间敲门。他想带孩子出去吃饭，征询孩子的意见，是吃西餐还是中餐。

女儿雪儿在与国内男友云哲视频聊天，没听到老爸的敲门声。直到弟弟和老爸已经进了房间，才明白过来，赶紧关了视频。

马里看着动作慌乱的女儿说：“不用紧张，不用掩饰，爸爸的人生经验比你多，你掩饰也没用。吃完晚饭后，我们谈谈吧。现在先把我们的周末晚餐给解决掉。”

24小时不到，卢卡的求助帖回满了答复，满得都把卢卡要感动死了——而且很多是神回复。

卢卡很激动，还是中国人多力量大啊，而且那么乐于助人，乐意成全，他得逐一细细琢磨这些来自中国网民的点子和建言。

有让他摸不着头脑的建议版：

“你是中学生啊？我们这里中学生谈恋爱要帮女朋友做作业

的。”

“还是等女孩子30岁以后再去追吧，那时不是你追她是她追你！”

“带她来中国吧，在北京挤个地铁，你们就会很好了。”

“给她支付宝密码。”

“过了钢琴九级吗？会书法吗？会国标吗？会冰球吗？会演讲吗？会很溜的英语吗？有高考加分吗？”

有替他捏把汗的现实版：

“小小伙子，你有事业吗？你会挣钱吗？养个中国女朋友是个大工程，你想好了吗？”

“若你的女朋友爱才，那你需要会钢琴滑雪帆船；若你女朋友爱财，那你要有钱请她进高档餐馆去旅游；若你女朋友好色，那你需要有好身材和英俊脸蛋。你看看你有什么资源可以给她用？”

“可以考虑等考上大学再谈恋爱。你考个什么名校商学院吧，就会容易让她喜欢你了，因为以后你会买得起房。”

“记住，在中国，真心真意不是追女孩子的关键条件。关键是：真金白银。”

有乱点鸳鸯谱的：

“上个照片，你帅的话我给你介绍女朋友！”

“让我和她竞争好吗？”

当然也有好心人的鼓励版：

“与其想念，不如敲门去。”

“快去学点中文吧，不懂中文，你就不懂中国女生的心思。”

“给她送花，一天一束。”

“你会画画吗？给她画肖像，感动她。”

“情书有点老土，但还是有点用途的。”

“每天锻炼，然后亮出肌肉和身材，让她迷上你！”

……

卢卡用谷歌翻译器细细阅读满屏的建议，嗯，很多建议都有用，越是看不懂的越有用。但是更多时间，他眼睛盯在那一条上：快去学点中文吧！

就是啊，这么简单的道理，当务之急，重中之重——学习中文。

马里和女儿坐在客厅沙发上，面对面。

为了显示父女之间对话的平等，马里还特意烧了开水煮了茶，给女儿泡上一杯。

“雪儿，爸爸虽然不在你身边很多年，但是爸爸想给你的父爱，一点不比别人少。”

女儿嘟囔：“这话你说了无数次了。”

“你也能看到，爸爸这十多年打拼很多，然后小有成就，若你愿意为爸爸骄傲和自豪，那我会很幸福。”

“我当然为爸爸骄傲啦……”

“好的，你为爸爸感到骄傲，那说明你也承认了爸爸的人生经验丰富。这样，在你的人生关键期，爸爸要使用人生经验了，爸爸对你有个要求：你挑选男朋友时，要满足两个条件：首先挑选你喜欢的，然后是让爸爸满意的。这两个条件缺一不可。”

雪儿看着父亲，显然有不满：“爸爸，你对我挑选谁都不会满意的！”

马里正色：“谁说的？我当然比谁都希望你挑的是个如意郎君！”

“那爸，你说，你为什么反对我和云哲？他是最懂我的一个人，也是对我最好的人！”

“雪儿，你才17岁，你的眼睛才看到几个男人，就开始用最懂你最爱你对你最好这些词了？”

“爸爸，你就说吧，你为什么那么看不上他？他哪里不好了？”

“这么说吧，你那个小男友，他是个娘炮！他钢琴是弹得好，有些天分，比你还优秀，但是，除了弹琴他还会什么？他会过苦日子吗？他会坚持10年天天跑步吗？他拎得动一桶水吗？他会装电灯泡吗？他会在失意时还能逗你开心吗？他懂幽默吗？他会顾及你的感受而不同其他女孩卿卿我我吗？他敢不敢在有人欺负你时一拳打出去？……没有，我一点都没看出来他有能力做这些！他就是个被父母和钢琴老师浇灌出来的小娘炮！只适合登台表演！”

“爸，你怎么这么侮辱人……”

“爸爸的眼睛看多了不同的人，爸爸比任何人都更愿站在你的立场维护你的利益，甚至可以这么说，爸爸比你还要爱你，因为有时你会作践自己，但是爸爸只会呵护你痛惜你。”

“你若爱我，那你别来反对我。”

“错！正因为我爱你，所以我要把关，严格把关……从现在开始，我要下死命令，不许你和那个什么所谓的小钢琴家视频了，不然我全面断网。”

“爸……”

“我以前对你心太软，没敢下猛药，怕你伤心，但是现在发现，不下猛药不行了。因为再发展下去，你的伤心指数只会越来越高。”

雪儿又哀怨又愤怒地盯着父亲。

18

随着德国媒体对第一个由外国人创立的、用来支持和帮助在德国的外国人的慈善基金会的报道，马里的名字再次在社区里炫亮了一把。

“嗨，马里，你真棒！”

住花园街拐角里的邻居大卫见到马里，热情地喊着，好像忘记了他们其实平日里并没那么熟络。

马里潇洒地回应这位隔了快半条街的邻居的问候。

德国也有势利的人。当然，势利的原因是因为你平日里没表现出来优秀，所以被自视甚高的德国人忽视。可是一旦你腾空而起，势态远超一般德国人，于是仰视也随之而来。崇尚强者，是这个民族一贯的心理。马里一点不以为怪，他未来要做的，就是还要更好。

施黛芬妮从她自己的花园里采摘了一大把鲜花，用各种装饰做了个盆插，笑容满面地端了来到马里家。马里一见，赶紧热情迎进花园。

“马里，我真心地为你高兴，你是让我们骄傲的邻居！”一放下盆插，施黛芬妮就给了马里一个拥抱，还左一个贴脸右一个贴脸。

马里知道这是热情的施黛芬妮的真心祝贺。

“黛芬，”他喊着他给她取的中文名字，“我真的很高兴你这样来为我祝贺，这个盆插是我见到过的最漂亮的，这些鲜花肯定来自你自己的花园！”

“马里，你真有好眼光，是的，你连这个也看得出来——这些鲜花确实都是我的小骄傲！”施黛芬妮双颊红润，眼光惊喜。

德国人说单纯也够单纯的，要赞美他们很容易，凡是吃的，就说他们的厨房手艺好，凡是欣赏的，就说他们做的精巧别致花心思，只要是称赞他们送的礼物是来自一番心思的手工自制，他们就开心得不得了，好像作品得到了充分的肯定——若万一礼物是买的，这时他们就极其羞愧地小声说：“对不起，我下次一定送上我亲手做的……”

施黛芬妮在小亭子里没坐多久，拜访的时间里她就是一个劲夸奖马里：你是位有爱心的人，你做了我们很多德国人做不了的事情，德国虽然富裕，还是有人在德国过得很辛苦，你在非常诚挚地帮助他们，他们感谢你，我也感谢你，因为我想帮但是没有能力帮，是你让我们感动和难为情，但是我想会有更多的人去尽力帮助需要帮助的人……

施黛芬妮两眼亮晶晶的，夸奖的话说了五分钟还不带重复，都快要让马里难为情了，不过他知道这是好心肠的施黛芬妮的真心话，他听得很温暖。

但是，马里的邻居，米勒的职业生涯遭遇了最大的波折。

失序的事件还是在不断发生中。

最惊动人的事件是在周末发生的。一个老太太站在名牌瓷器专柜前专心致志拿个醒酒器在琢磨，老太太体态比较丰腴，而过道不是主干过道，所以显得通道有点堵。这时一群手拿大包小包的中国顾客四处张望地经过，好像另外一个专柜有同伴招呼他们又发现宝贝了，于是这群人拔腿就冲。这一冲把老太太带倒了，醒酒器打在大理石地板上，碎了，老太太也重重蹲坐在地板上，半天动不了，碎了的玻璃片划破了老太太的手掌和手臂，血淌了不少，那情景非常吓人。

店员立即打电话叫急救车，把老太太急送医院。

那群肇事的中国顾客也被吓坏了，但吓坏的他们没有道歉，没有安慰，而是赶紧拎了纸袋，找了个出口，跑了，躲进了大街上的人群之中。

这逃跑的一幕被商场里的监视器原原本本地录下了。

这件事情的影响非常不好，在电视台的报道中，老太太对着镜头说："我有医疗保险，也有意外险，我也不会指责你，因为我知道你不是故意撞倒我的，但是你跑了，没对我说声抱歉，这让我感到难过，让我觉得，是不是你害怕我会提很高的赔偿要求？"

报道一出，评论一大堆。

上了电视的报道让这个事件发酵，往另外的方向发酵——除了指责中国顾客缺少修养外，还指责雍德乐商场的管理失序。

联想到前段时间雍德乐轰轰烈烈打中国广告，吸引中国游客，奉中国顾客为上帝，为了挣几个中国游客的钱不惜损害德国本土顾客的利益，雍德乐突然成了众人指责的对象。

西方国家的律师最乐意盯着一些新闻事件里的主角，老太太的几句话上电视后，就有律师主动找到她，说动了老太太让其成为代理律师，由律师代表老太太向法兰克福雍德乐商场索要巨额赔偿——原因是，商场管理不善。

是的，律师很清楚，找肇事的个人赔钱，律师挣不了钱，何况老太太已经在电视上说她不会追究责任，她只是要个道歉。但是，老太太可没说轻易原谅商场。看看这个商场，如此混乱，单单上一周就有多起投诉事件，从这就可以知道，这个商场是多么管理无序了。这样的官司，稍稍用点劲就可以打赢……

米勒放下手机，是助理打来的紧急电话。情况非常不利。他双手抱着头，在客厅转了两圈，然后又猛喝了两杯水。

眼下是周末，做不出任何事情。除了让自己冷静之外，此刻没有什么能帮助他的。

呆在家里也是于事无补。米勒想要出去跑步，透气。

一有这个决定，他就立即实施。

很久没有这样健身了。他换上透气的跑步衣服，还有合适的跑鞋，甚至不忘在手腕上缠一条吸汗的毛巾。有序一直是他的习惯，哪怕现在，雍德乐商场开始面临他任总经理以来最大的危机，他也要每一件小事都做得井然有序。

从家里出门，他就知道该往哪条小道跑最能清心静气。这片区域他太熟悉了，往西是草地，然后是小森林，然后是天鹅湖，然后又是一片树林。

这样的大运动，米勒已经间隔了很长时间，所以这一次长跑，他只能放慢速度，以慢跑的姿态进行。

跑步其实是种很好的休息，因为跑步时脑子里可以放下很多的烦心事。

跑步也是种很好的生活节目，因为跑步时会回想起很多愉快的事情，比如孩子小时候的愉快，妻子还在世时的欢乐。

跑步还可以亲密地与大自然互动，草木何时开花结果，天鹅何时繁衍养育，天空上的云怎么舒卷行走，其他时间里很难看到，跑步时可以。

……

米勒慢慢在湖边跑着。很久没有这样长时间地运动，心脏跳得有点快，但不算累，能坚持10公里。

脚踩土路，四周没有人，只有脚下沙土被挤压的声音。

然后，后面有个平稳的呼吸以及快速的脚步声逐渐靠近，米勒闭眼，能感受出那人脚步很大，身体肌肉很结实，肺活量很充实。脚步声从背后移到一侧，再移到前方——对方轻易地超过了他。

然后，身在前面的跑步者一回头，米勒发现，是邻居马里。

“跑步好啊，米勒！我先跑一步啦！”马里的背上以及额头上都是汗，满是热情活力，他对着米勒一招手，接着继续前行，身影很快消失在蜿蜒曲折的小路上。

周一，是合作方例行视频见面开会商谈的时间。

米勒办公室里，助理已经把多媒体的各连线都准备好，一打开电脑，双方的头像以及背景都显示在大屏幕上。

米勒对马里说，他在考虑取消合作。他神情严肃。

马里一愣。

“米勒先生，您不是在开玩笑吧？”

“我不是。”

“吉姆恐怕不会接受您的这个建议。”

“我会去向他陈述。”

“米勒先生，我不知道是什么原因让您产生这样的想法，我可否问一问。”

“那可能您没有看到两天前的法兰克福报道。”

屏幕上，马里正与他的助理交换神情，看来他们确实不知发生了什么。

“你们中国人有钱，但是你们中国人不负责任。这样的事情发生在雍德乐，是雍德乐商场的耻辱。现在我要为这个耻辱而作出我认为该作出的正确决定。”

米勒态度坚决。

是的，固然是由于律师的添油加醋，这个原本属于意外小案件的事情才被发酵成一桩对于商场来说非常不利的危机，但是，若不是中国游客的无序，又怎么会点燃这样的导火索呢？米勒的经验告诉他，眼下是雍德乐商场的黄金48小时，他必须要在这两天里把一切不好的势头全部掐灭，不然等到火星变成火焰再成为熊熊大火，那么他就要永远成为雍德乐的罪人了——尽管他是那么地热爱雍德乐。

“米勒先生，接下来我们怎么做呢？”关掉电话会议的视频后，米勒的助理问他的老板。

“第一，重建雍德乐原先的秩序；第二，我们要组建公关团队，迅速抚慰老太太，若能让她撤销上诉，那是最好不过。第三，让我们的律师迅速应对这个案件，绝不能掉以轻心。”

19

马里看到了雍德乐商场老太太的报道，沉默不语。

他当导游10年，开旅游咨询公司5年，目睹了这15年来中国游客的发展变化。

最初，中国旅游团打价格战，中国游客也愿意十天五国游地跑长线，关键词是大巴、拍照、睡觉。省吃俭用是常态，十马克（那时还是马克时代）的晚餐团餐都舍不得吃，最好餐餐都是自己去超市买一两马克的面包。那时他当导游，辛苦不说，真的没有多少小费或者其他额外收入。

后来，超大战线型旅游团变少了，开始两国三国的精致旅游。原先来法兰克福就是旅游车在城里逛一圈，景点看一看，吃个团餐，然后入住郊外的酒店，后来开始有小资要在特色餐馆里吃一顿，甚至去老歌剧院看场歌剧。

再后来，购物开始成了旅游的重要节目。

他经历了第一次大款商务团，在接机的第一天，带着客人们去购物，然后就看着他们人手一只手表，在半小时之内付掉了几万马克。他瞪大了眼睛。

他看到了名表销售员从最初的漫不经心到欣喜若狂的戏剧性变化，那种嘴角的轻微抽搐，让他始终不能忘记。

他向专柜经理展示了他的名片。这张简单粗糙的华人导游的名片在此之前好像并没有被德国商家上心看待过，但是此刻凭着这张名片却被经理热情地接待。

经过一番商谈，他如愿达成了一种默契式的合作：他带着中国客人来购物，商家给予回扣。

再以后，购物越来越成为中国游客的常态。常常，一个游客揣着一大串亲朋好友的购物清单——这是中国特色。马里知道属于导游的时代到来了。因为善于谈判，马里感觉自己的名字越来越多地被德国商家熟悉。

但并不是所有商家都愿意与导游合作，有些商家固执地认为这是

“扰乱市场，破坏秩序”，对他颇有指责。不过这又怎么样，市场是如此巨大，只要找愿意合作的人就行。在市场上，只要有需求就会有合作。对于经历了种种人生故事的马里，这种非议他完全可以坦然应对。

后来他开了旅游咨询公关公司，不天南海北地跑旅游线了，但他拥有导游兄弟们的大平台，他搅动了旅游购物的大江湖。他的平台让他越来越有底气与商家谈判，也让他更加有精力研究这个巨大的中国游客群体。

中国游客在游玩上的进步速度远超日本，只用了15年时间，中国游客形象天翻地覆变化。从当初的怯生生到现在的气昂昂；从护照都要被导游收取统一管理到现在最新信息都从网络上无障碍获取；从大巴旅客斤斤计较几马克到租私人飞机鸟瞰游览葡萄酒庄园顺便买走几瓶几千欧元的好酒；从原来10天5国要把所有景点囊入相机不然就亏了，到现在出现周末购物族，飞一趟法兰克福的目的就是在机场里购物根本不出海关……马里有点想象不出来再过15年中国的游客又将会怎样。

他曾经觉得这个时代太美好了，因为曝点频频出现，因为旧曝点频频被新曝点刷新。机会已经不是“难得”的，机会就躺在马路上一抓一大把。就这样，他与商家的角色开始有了变化，他已经不再与小商家小经理合作，那太琐碎，而且，小商家小经理常常思路不开放。合作，合的是个平台，但是德国小商家总是不懂平台的意义，他们只知道秩序的意义。

米勒就是这样。

这时小刘进了办公室。

“现在那边怎样了？”马里问。

“老太太不向冲撞她的客人要求赔偿，但是已经向法兰克福雍德乐提出了赔偿要求。雍德乐的律师正在应对这起案件。”

马里听了，不语。

“现在，雍德乐商场还没有书面提出中止合作的方案，但是，真若一旦提出，那我们这里与导游的合作……”

“吉姆不会让他中止的。”马里打断小刘的话。

“为什么？”

“吉姆对中国顾客的热情，能压倒米勒对于雍德乐的尊重。”

“那我们怎么办？”

“帮米勒一把。”

“啊？”小刘愣在那里。

马里的判断是正确的。

米勒花24小时连夜作出的、要求暂时取消与“爱海”合作的书面报告，遭到吉姆的驳回。

第二天，米勒与吉姆开视频电话会议，因各执己见，俩人在视频中爆发冲突。

“米勒先生，您的报告说服不了我，与爱海的合作是总公司的决定，我只是建议在您这里开始做推广，您为什么就不能积极配合呢？”

“因为与爱海的合作打破了我们雍德乐原来的秩序，与爱海合作，是得不偿失的，代价太大！”

“我认真看了报告，没有觉得得不偿失啊。那么一个小小的意外，完全可以沟通和调解来解决啊。”

“问题不是只在这个意外上，这个意外只是一个表象，一个导火索。它背后显示的是中国人的不靠谱。”

“一两个人不靠谱，您怎么就说全部中国人不靠谱？何况米勒先生，您已经看到了合作的利益所在。”

“那些利益只是欧元，但并不是所有的利益都是能用欧元来衡量的。现在我的雍德乐面临着名誉上的损失。”

吉姆笑了：“米勒，您每年好几万欧元雇着律师，他们的作用该显示出来了。”

“我当然会让律师显示他们的作用，但是，基于法兰克福雍德乐一向那么好的口碑，律师一般情况下是不会向顾客出手的，一旦出手，那就意味着雍德乐与顾客之间出现麻烦了，这麻烦需要法律来解决，这在我担任总经理期间是第一次，这个第一次对我来说是种悲哀！”

“米勒先生，我知道您很认真，认真到了固执的地步，您为什么不看看柏林雍德乐，他们与中国游客的互动是那么融洽，可是您这里为什么就不行呢？”

“您要逼我说实话，那我就说了：柏林雍德乐的管理本来就没有法兰克福雍德乐那么有序，它那里的环境适合中国人，它就是个大市场，杂闹、喧哗、无序，而中国游客就适合大市场的环境，他们不懂得克制和理性。您也承认，在所有雍德乐商场里，法兰克福雍德乐是最高雅的，这也是您迫不及待想要在法兰克福推广与中国爱海合作的原因，因为柏林不能证明您的成功，但一旦拿下法兰克福，您的市场扩张策略就大获成功了。”

“米勒先生，请您注意您说话的方式。”

“那是因为我们之间存在着观点分歧，而您，根本就是只考虑眼前的市场，却不顾及雍德乐三个字的份量，它是有着快200年传承的老字号，您没有对这三个字有足够的尊重。”

“米勒先生，我觉得我们的对话越来越乱套了。”视频里，吉姆神情不悦。

“您扪心自问，您是不是更多在考虑您自己的利益以及在总公司里的前途？”

“我会向集团总部汇报您的态度。”

视频电话会议就这样在不愉快中结束了。

吉姆关闭视频，生气到不行。这个米勒，年纪不大，怎么脑瓜子就这么僵化呢。现在都什么年代了，电商的迅速崛起，让传统零售业的存在变得那么艰难了，他已经看到那么多的商场在凋敝和败落，德国人的购物实在不够爽快，而他，好不容易找出一条最好的途径——他看到了这世界上最会花钱的人群；好不容易让那个气势逼人的中国商人马里同意只与他们雍德乐签订合作，而不再找其他的合作伙伴——只有这样才能把这些爱花钱的人群变成长久客户；好不容易在总公司的董事会上获得支持——幸好董事会里像米勒这样的人不算多……米勒口口声声看重“雍德乐”这三个字，难道他不看重吗？但是若雍德乐像其它不思改革的商场，那么命运是什么，他皮特·米勒知道吗——那就是全德国几万员工的失业，包括他皮特·米勒！

这叫皮之不存，毛之焉附，他皮特·米勒，就一点没有忧患意识吗？他有一商学院的同学，曾在一个全世界著名的电信公司当高管，当年那电信公司的三个字招牌也是那么拽，他那同学也把这三个字当作宝贝，但是，当另一波潮流到来，那三个字就迅速倒了，被贱卖了，他那个同学痛苦地在那栋世界著名的大楼前留下最后一张带着工牌卡的照片——多么悲壮的一幕！这种惨痛令他一辈子不能忘记——市场和尊严绝对不能对立，有市场才有尊严。那招牌是死的，只有市场，才是活的！

20

汉斯给小雨打电话，想约他一起去踢球。

“不行啊，我的作业还没有完成呢。”

“你们学校有那么多作业吗？我都是在学校里做完，15分钟的事情啊。”

“是我们中文学校的作业。我爸爸要检查的。”

“那是什么样的作业呢？”

“就是抄写中国字，每个字抄写一页。”

汉斯瞪大眼睛：“那你要抄到什么时候呢？”

小雨叹口气：“可能还要半小时吧。”

“那我半小时以后来找你吧。”

半小时后，汉斯换了拜仁球队的球衣，手上托着个足球来摁小雨家的门铃。

小雨把汉斯迎接进房。

“咦，你怎么不换球衣呢？”

小雨看看墙壁上的时间：“我还没有写完呢，还要写10分钟。”

“我等你！”

汉斯去了小雨的房间。这是他第一次进小雨的房间，一看到满墙壁的足球明星海报，就咧嘴笑了——他的房间也是这样的。

“汉斯，我的衣柜里有球队的球星签名照，你要看吗？”

“你的是什么球星？我有法兰克福足球队的队长签名！”汉斯骄傲地说，那是一次他和他爸爸去看球赛时很幸运地得到的，签在球票背面。

小雨打开衣柜，向好友炫耀他的珍藏。

汉斯一看，瞪大了眼睛。

衣柜里有好几套全新的队服，还挂着球衣的吊牌。小雨取下衣服，汉斯一眼看到了，有拜仁队队服和队长拉姆（Lahm）的签名，有皇马队队服以及队长卡西利亚斯（Casillas）的签名，有巴萨罗那的队服和队长梅西（Messi）的签名，甚至还有汉斯最崇拜的前拜仁队长卡恩（ Kahn）的签名。这太华丽了！

“这这这，你从哪里得来的？”

汉斯满眼的羡慕。是啊，对于每个爱踢足球的孩子来说，拥有一件大明星的签名球衣就足够炫耀，但小雨有四件！

“我爸爸从网上买来的。”

汉斯啧啧地惊叹，拿着拜仁球衣抚摸着卡恩的签名，说不出话来。

“这要多少钱一件啊？”

“最贵一件要800欧元，那次我考试特别好，考了1＋，爸爸问我要什么礼物，我说要梅西的签名球衣，因为那时候网上就挂着一件，还是在澳洲，那段时间梅西特别火，所以那卖主标价特别高，我爸怕被其他人抢走，价格也不还，就直接拍下了。”

“其他的呢？”

“也是网上买的，一件是从西班牙寄过来，一件从荷兰寄过来，一件从德国寄过来——就是卡恩的这件，这件也要500欧元，爸爸为了奖励我，就毫不犹豫买了。爸爸说，是个男人就要说到做到，要实践承诺。”

“你爸爸真能奖励你啊！”汉斯羡慕地说。

“我爸爸只有在我成绩好的时候才奖励我。”

“那你是不是每次考试都一定要考1分啊？”汉斯担心地问。因为他从来没有考到1分，最好成绩也就是1⁻。

“那倒不是……1分和2分都是被允许的，但是，我若考3分的话，我爸爸就要生气了。我有一次考了个3⁻，结果我爸爸拒绝在我的试卷上签字，那一天，他很凶地教训了我一晚上。”

小雨看着球衣，跟小伙伴说着不那么愉快的往事。

汉斯瞪大眼睛，担心地看着小伙伴。拥有球衣是件很开心的事情，但是这得到球衣的办法也太难了哦。他的爸爸就从来不会因为他考个3⁻而凶狠责骂他。

终于写好了中文作业，小雨认真收拾好文具。他抬头看着墙壁上的时间，喊了一声。

“又怎么啦？”汉斯问。

小雨垂头丧气：“我想我恐怕不能和你一道去踢球了，因为很快就是我的练琴时间了，爸爸说过，我每天1小时的练琴是绝对不能偷懒的。”

汉斯满脸遗憾。他就想与小雨一起踢球。

看着汉斯一脸的失望，小雨突然问：“汉斯，你最喜欢哪件球衣，我送你一件吧！”

汉斯再次瞪大眼睛，这可是太昂贵的礼物，他可不敢接受。

小雨看着汉斯的眼睛，无比真诚地说：“汉斯，你是我最好的朋友，我想送给你，你开心，我就会更开心！”

米勒已经好几天没有好好睡觉，感觉疲惫不堪。

今天他的心情更是糟糕。今天上午，公关团队告诉他：拜访老太太的计划再次受阻，是老太太律师挡的道。

其实，商场的诚意一点不少，做法也并非不到位。当初老太太受伤后，工作人员一声惊叫后第一时间叫救护车，第一时间陪同去医院，第一时间通知家属，也是第一时间为这样的意外做了道歉。

而老太太原本也没什么过不去，在德国，人际关系还是很宽容的，谁没有意外发生？何况人人都有保险，不会因为一个意外而把人的生活推进无助的深渊。一个有诚意的道歉通常都会换来让人宽慰的谅解。

只是，当老太太的意外上了电视被报道，方向就改变了。老太太只是想向肇事者要个道歉，却没想到这个报道被广泛传播后成了被热议的话题，然后，被热议就有市场，老太太事件就成了可被市场挖掘的由头，再然后，好几拨律师主动找上门来要帮老太太打官司……

律师，德国的律师……哎，怎么说呢，你要享受自家的律师无不为你着想的贴心服务和热情笑容，就要忍受对方律师无处不在挑洞找刺寻求破绽的可恶嘴脸——这是他们的专业。

商场公关人员要拜访老太太，但是遭到了老太太律师的拒绝。米勒知道，老太太现在已经被律师软性绑架。律师为了拿下这场官司，将不惜一切手段来阻隔雍德乐与老太太之间的互动。

更失落的是，今天，集团总部下来了一份措辞严厉的工作邮件，要求米勒必须配合吉姆，与“爱海”的合作必须继续，中国游客的市场必须争取。若米勒配合不力的话，他那份为期5年的总经理工作合同可以提前中止。

收到电子邮件的那一刻，一股寒意从他背上延伸至全身，他觉得他的坚持变得那么过时——日耳曼的秩序感要被东方人手中的欧元冲得无影无踪。

在办公室的沙发上半躺着休息一阵，让秘书端进一杯冲了很多热牛奶的拿铁咖啡喝完，米勒打起精神，去商场巡视。

习惯性巡视商场，是他最乐意的工作：在疲惫的时候，巡视着高大上的精美明亮大商场，他会宽心；在顺心的时候，巡视着井然有序的设计和布局，他心情会更加熨帖；在纷乱的时候，他电梯上下走一圈，就会觉得脑子里重新理清了思路；在难得清闲的时候，他全商场走一遍，看着店员们清清爽爽、干练细致地打理着自己手头一切细小的工作，就觉得生活是多么美好！

米勒脖子上挂上工卡去大厅。

白色大理石的地面一层不染——尽管成千上万的顾客踩过。那几位为雍德乐服务了超过10年的清洁工是多么尽职。

顾客来来往往，不断从六个敞开的大门涌进和涌出。是的，这些神情愉快的客人是雍德乐的衣食父母，只有他们满意，雍德乐才算成功。

米勒垂着手，挺着腰，慢慢踱步，眼睛往各个方向张望。

这时，一个有着东方面孔的中年男子，背着一个挎包，快速闯进人流，或许是看到了米勒胸前的工卡，径直走向米勒，展开手里的一叠照片，用不算很熟练的英语问米勒："请问你们商场里有这个吗？"

米勒定睛一看，是一个色彩娇艳的迪奥女包，新款。

米勒摇头："这要去专卖店，但法兰克福没有迪奥专卖店。"

着急和失望的神情立即布上脸庞，他继续展示照片，是个香奈儿手袋。

米勒说："这要去香奈儿专卖店，在歌德街，离这里不远。"

"就是说你们这里也没有？"

米勒摇头。

再下面一张照片：是一款欧米茄手表。

米勒说："这个也要去欧米茄专卖店……"

男士着急了，把手里的一叠照片塞给米勒："那你们这里有什么呀？我领导叫我带东西回去，是必须完成的任务，我都着急死了，跑你们这里一看，啥也没有，你们这商场不是自称法兰克福最全的商场吗？"

米勒耐心地翻看着照片，确实，这个富豪的购物单子里除了Rimova高级箱包和Hugo Boss高档服装在商场里有专柜外，其他诸如巴宝莉风衣、麦森瓷器等，都要去专卖店寻找。

他委婉地告知中年男子，希望他谅解并告知他需要逐一去专卖店寻找。结果中年男子一脸不满，一句话几乎把他噎得半死："你们这个商场也不怎么样嘛，还比不上我们中国的商场呢！跑到德国来购物，结果我们有钱都花不出去！"

米勒回到办公室，压抑许久的心情终于爆发，一拳头打在皮沙发的扶手上："买买买，让你们买，你们就把全世界买下来好了！你们也就只会买，你们会造吗？"

21

卢卡去中文学校学习中文，再用个谷歌翻译器，现学现用写情书。

为了让中文情书写得地道，他查阅最常用的中国句子，这一查，让他傻了眼——中国人太有才了，都在说让人一目了然的拼音语啊。目前最常用的是——

You can you up，no can no PenFen.

如果你行，那你就上；如果不行，就别喷粪。

PenFen

对了，喷粪，也是个很酷的词，直接意思就是从嘴巴里拉出大便。别别，写情书呢，这么丑陋的词不能出现，出现了那就是——

NaoCan

脑残！意思就是脑子进水，或者脑子被驴子踢了。关于NaoCan，还有个更好的句子，叫做：

No zuo no die.

不作死就不会死。

不行，也不能学这样的中国话，哪怕说的中国人再多，哪怕学的外国人也特多。多些正面形象的词，看看中国黄金周这样壮观场景，真一个叫：

People mountain people sea.

好！这句子超级形象，人群像山一样人群像海一样，太壮观了，就是适合像中国这样的大国家……

da guo jia

可是不对，用拼音拼写“大国家”怎么出来的是“打过架”？再查一下是什么意思，哇，完全是风马牛不相及的两回事啊，以后用拼音要当心了。搞不好这拼音会害人的！

……

折腾了很久，对照着电脑里的方块字，卢卡终于搞定了一封歪歪扭扭的中国情书：

亲爱的雪儿，

你好吗？我用中文给你写信，给你看我的诚意。除了我一方面在认真识字，我的秘书——谷歌——也帮了忙。若写错了，是秘书不好。

雪儿，我喜欢你，很喜欢。我知道你是土豪，但是还是想请你吃个烛光饭，同你说说我们学校的有趣事情。也想听你们的故事。

我们会谈得很给力的！我希望自己会给你牛逼的感觉。

我的中文才开始，但我很用心学，很想向你学。我们会越来越给力！

祝女王漂亮！

卢卡

很辛苦地写好，不管了，封口，去邻居的邮箱投递。

站在芳邻家的信箱面前，卢卡再看一遍自己写的信封口，然后在雪儿的名字上亲了一下，正要投递。

就在这时，门突然开了。雪儿的父亲一脸庄重地走出来。

卢卡吓了一跳，然后赶紧打招呼：“嗨，你好啊！”

马里看了一眼他手中的信封，立即伸手接过：“是给我家雪儿吗？我替她收着，到时给她！”

这中国父亲说话丝毫不拖泥带水。

待到卢卡乖乖把信件递给马里之后，卢卡望着马里笔直走向车库的背影，挠着后脑勺，总觉得好像有点不对劲。

马里在医院里与老太太相谈甚欢，那情景犹如母子一般。

对于马里来说，这有啥难处？太简单了。

马里带了一盒巧克力，一束鲜花，敲门时很诚恳地说，是导游代替伤害她的游客道歉来了。

老太太的家人迎接他进门，然后去病人的会客厅坐下见面。

起初老太太的神色还比较淡漠，马里说，不小心推倒她的游客在逃离商场后非常愧疚，但是因为跟着旅游团的游客有固定行程，旅游签证也已经到期，他本人只能在当晚随着返程飞机回国，但是，他心中的歉意一直让他很有压力，他在离开之前写了一封信，请导游一定要交给老太太。

老太太神情不是那么热情地接过厚厚的信，还问了一句：“我看得懂吗？”

但待老太太打开信封，脸上的表情就立即变了。

信不是用文字写的，信是画的，用动画风格画的，有着栩栩如生的表情。

第一幅场景是雍德乐的商场，很漂亮；然后是一位老太太在专注地看一个杯子，老人的神情举止很可爱；然后有人手拎大包小包地经过老太太身边，一个推拥，让老太太摔倒在地；接下来是肇事者惊恐的眼睛，以及当时他脑海里的想法：怎么办，闯祸了，怎么办？再接下来是肇事者落荒而逃的情景。

老太太看到这里，虽然再现的情景让她很真切地回忆起当时的疼痛，不过老太太并不太生气，因为那画实在是画得太好了，她像个小孩子一样专注地看呢。

然后是肇事者逃到了街上，捂着胸口，似乎在喘气，也似乎在庆幸：逃出来了。

但是在酒店房间里，他坐立不安，神情沮丧。

在餐厅吃饭时，也是毫无胃口，眼睛看着食物，脑子里却在想着老太太被撞倒的情形。

在酒店房间里，他一会儿坐在桌前的椅子上，摊着白纸想写什么，一会儿躺在床上，又在寻思着老太太被撞倒的痛苦表情。

然后他哭了。他想起了自己的中国妈妈，若自己妈妈这样被人撞倒又逃掉的话，他会既愤怒又心痛的。

两个妈妈的动画画面非常感人。

但是机票的时间显示他必须去机场了。

然后是机场里一个非常寥落的身影，看着窗外，心情沉重。

最后一幅场景是已经康复的、怀抱着一束鲜花的老太太在呵呵地笑，满脸的皱纹也掩饰不住她的慈爱。下面是一句话：迟来的道歉，您还会接受吗？

老太太终于看完了厚厚的信，然后问马里："这是送给我的吗？"

马里点点头。

"是他画的？"

"是的，他在中国就是一位美术设计师，在学校里教美术，所以他事后更加惭愧。

老太太豁达一笑："没关系，我不生气了。叫他不要太难受，我也很快就好起来了。而且请你转告他，我很喜欢他的画呢。"

这么一说，马里立即和老太太热聊起来。

马里问老太太身体好不好，老太太说挺好的，明后天就可以出院了。

马里说中国的气功对于老人的健康很有好处，老太太一听中国的气功，来了兴致，马里就操练了一段陈氏太极拳，然后说他可以帮老太太买几本气功的书和光盘。

老太太开心地说："我是很喜欢中国的文化呢。"

接着马里又顺道与老太太聊起律师的事情。

老太太说："我本来是很喜欢雍德乐的，但是他们管理越来越不好了，乱，一点秩序都没有，顾客多是好事，但是总要有更好的措施来提供更好的服务吧。"

马里连连点头，然后说，商场这个没有以前有序的状态，也与他们导游有些关系，因为很多国外顾客实在没有很多时间逛商场，所以就会很着急很急迫，而且一堆堆地挤，看起来一点都不从容，让人烦心，也容易出现一些小摩擦。不过都是无恶意的，而且，外国顾客多，消费多，那也是在为德国做贡献嘛。

老太太点点头。

马里趁机又说，雍德乐的总经理也已经与他们导游提了建议，尽量让顾客安静有序地购物，他们导游也都会尽量配合。你不知道，那经理米勒先生，在知道你出事以后是多么着急，我们这两天不停接到他的工作邮件，告诉我们以后该怎么做得更好，在更多的细节上让客人满意。

老太太沉吟不说话。

马里又说："听说他两次想来看你，但都没有预约上……"

老太太神情有点不自然："哦，那是我的律师安排的……"

马里一听，大惊："要打官司啊？"

老太太苦笑道："我没想打，不过律师总在游说我，我想其实我这身子骨也恢复得挺好，打这官司也有点感觉矫情吧，也不是什么太伤害人的事情，确实，我真的一直是雍德乐的老顾客，对雍德乐很有感情的……"

"那就别打呗，打官司多折腾人啊，一会儿要取证一会儿要记录，费心费力，就算打赢了，也没啥成就感啊，您说呢？"

老太太点点头，挥着手中的信封，说了一句让马里顿时感动的话："我收到这个画得这么真诚的画后，这事对我真的一点阴影都没了，我是没有要打什么官司的念头了，我会告诉我的律师撤诉。"

22

好像是在某天开始突然一下子云开雾散。

先是秘书告诉米勒先生，老太太让律师撤销了追查雍德乐管理不力导致其身心受损的法律诉讼。然后是吉姆来信，也分明是语气舒缓，态度友好，感谢米勒在特殊时期里的支持，然后又说即将迎来旅游旺季，雍德乐也将迎来新的销售高潮，还希望米勒继续多多配合。

而最让他心头大震的是，月初财务送来上月的报表，雍德乐销售量比以往高出了整整12个百分点。米勒看着那数字，几乎不相信自己的眼睛——眼下不是圣诞节不是复活节不是母亲节，本应是个销售淡季的。

不知是惊是喜还是不可思议，米勒只觉得心脏砰砰直跳，为平复心情，又去巡视了一圈商场。

“嗨，我是麦克尔，专门负责这个箱包专柜的，你们就叫我小麦好了，小麦好记，是吧？”在经过二层的高档箱包专柜时，米勒远远就看到了麦克尔在一群中年女士面前绽放出蜜糖一般的笑容，走近，听到了麦克尔甜蜜招揽顾客的声音——米勒惊异发现，麦克尔是在说中文！

这个平日里喜欢泡吧，衣着时髦，但在学习上可并不怎么勤奋的小伙子，什么时候学会了中文？

“好啊，小麦，小麦！”一圈中年女人都争着喊这个名字。

麦克尔笑容可掬地分发着名片：“这包包质量很好的，在中国是三倍价格哦，来，这是我的名片，以后多介绍给你们的朋友哦！”麦克尔说着米勒听不大懂的中文。

这群女顾客终于一人一个箱包拖着走了——小麦安排了一个实习生帮她们走付款的绿色通道。

当看到老板就在旁边时，小麦搓着手开心地说：“老板，我真的爱死她们了，她们总是那么爽快！”

米勒点着头，然后问小麦：“麦克尔，你的中文这么好啦？”

“呵呵，老板，我找了个中国女朋友，所以学中文很快！”

“中国顾客多吗？”

“很多，太多啦！——老板，看又一个团过来了，我去招呼！”

小麦甩下米勒，上前对着一群穿西装的东方面孔的中年男人热情打招呼。

米勒返回办公室。刚才一番巡视散步，激动的心跳终于平复了。

这时助理走进办公室，告诉他一个最新了解到的信息：让老太太撤掉上诉的人不是别人，正是“爱海”的老板马里。

米勒的舌尖滋味复杂——他的地盘，毫无疑问已经被自己的邻居给一锅端走了。

卢卡在浴室里拿着水莲头一边唱歌一边跳舞一边洗澡。小汉斯听到这么大的动静，开门探头，鬼头鬼脑地问：“卢卡，你是不是谈恋爱啦？”

卢卡赶紧一手挡住私处，另一手拿莲头去喷弟弟：“去去去，看人洗澡，难为情不？告诉你，以后不许再这样闯进来！”

汉斯抹一把脸上的水珠，不满地说：“我是你弟弟呢，你谈恋爱也不告诉我！”然后重重地关了门。

卢卡洗完澡，在下身披个毛巾，在镜子前面仔细地审视自己的脸，脸很年轻，充满朝气，也很帅。

今天，他收到一个邮件，是雪儿发来的，她让他去咖啡馆见见面。

真的，是雪儿，千真万确是来自雪儿的电子邮箱！他一时激动，几乎不敢相信自己的眼睛——看来邀请她吃烛光浪漫大餐的诚意起点作用了，尽管今天只是咖啡馆，但是慢慢来，总有一天会抵达烛光浪漫大餐的高度的。

卢卡在浴室里穿上精心挑选的衬衣和牛仔裤，稍等，还要在腋下喷点男士香水，今天他先找老爸的将就用，嗯，下次要买属于自己风格的男士香水了。

卢卡帅帅地从浴室出来，汉斯在花园里吃冰淇淋，看着哥哥的身影，问："卢卡，谈恋爱是什么滋味？"

"就像你吃冰淇淋一样，甜的！"卢卡大声说，还不忘引诱一把，"怎么样，你也想谈了吗？"

汉斯哼了一声："我不喜欢姑娘，我还是喜欢男孩子，我们男同学一起踢球，那才开心呢！女孩子，就是拿来我们欺负用的！"

下班了，米勒去商场超市的鲜肉柜台取老早定好的上等牛肉。米勒能做不低于牛排馆水平的腓力牛排，只是不大轻易显露水准，但今天，他要一试身手——今天是儿子的17岁生日。

哎，时间是很快的，转眼儿子都17了，再过一年，儿子就成人了，18岁的生日肯定轮不到老爸来操心，卢卡肯定要自己当家作主邀同学去外面酒馆——18岁，法律允许他们光明正大喝酒啦！而且，貌似卢卡已经在悄悄存钱，说是明年的18岁生日要大大地闹一场，以庆贺脱离父亲管束的人生重要转折点。

毕竟是雍德乐，连商场超市的装饰和布置也比一般超市高大上，更有时尚气息和消费氛围，这里购物的顾客能买到更有品质的东西，比如很好的葡萄酒。一般超市里十几欧元的葡萄酒已经算是最好的了，但在这里的漂亮橱柜里，陈列着几百欧元一瓶的好酒。以前，商场超市很少有外国游客，但现在，中国游客越来越多，且常直奔主题，就是冲着几百欧元的好酒来的。

在超市购物的顾客也能享受商场购物的服务，比如给买好的巧克力啦葡萄酒啦做个精致的包装。米勒去牛肉的柜台买生牛肉，就看到柜台旁有块专门的小黑板，画着栩栩如生的一头牛，牛头的模样很憨萌，但是牛身上依照部位不同被分割成很多部分，标明是什么牛肉，适合怎样的烹饪方法。牛身上不同部位的肉质很不一样，各有煮、煎、烤、炒不同的最佳美食方案，价格相差也很大。虽说牛身被分割，但是因为用动画效果展示，感觉不算残忍，反而像是科普画，对于顾客来说真是贴心服务。

看到这样的细节，米勒很满意。雍德乐能战胜其他对手，就是因为时时刻刻都注重细节，注重服务，当然，还注重秩序。

米勒带着用保鲜纸包着的近一公斤的上好生牛肉，回到家里，开始为儿子的17岁生日晚餐忙碌。

但是，这一天的秩序还是被打乱了。

一直等米勒拌好了色拉，做好了开胃汤，按照平日里的吃饭时间煎好牛排，甚至开始点上了餐桌上的蜡烛，儿子卢卡还没有回家。

刚开始手忙脚乱做菜时还担心儿子回来太早不能给他惊喜，等一切既定儿子却迟迟不到，花儿也谢了黄花菜也凉了，那么好的牛排，没有在最合适的时间吃掉，实在是暴殄天物啊。

米勒去敲小儿子汉斯的门，汉斯正戴着耳机摇头晃脑学唱英文歌。米勒不高兴地示意汉斯摘掉耳机。

“卢卡呢？”米勒问。

“他谈恋爱去了。”

“什么？”米勒吃惊。

“他穿得漂漂亮亮地出去了，还喷了你的香水！”小汉斯出卖他的哥哥。

“你确定……确定他约会女孩子去了？”

汉斯点头。

“你知道是谁吗？”

汉斯摇头。

23

这人生的第一次约会，对于少年卢卡来说，实在不是美妙和甜蜜的体验。

在去咖啡馆的路上，卢卡意气风发，满脸是抑制不住的笑容。他打印了雪儿发给他的邮件，看了无数遍，虽然才两三行字：

亲爱的卢卡，

我想约你见个面，也许我们能谈点什么。

我们就在火车站前面的老咖啡馆里见面吧，周五的下午5点整，我订了靠窗的角落位子。我们不见不散。

祝好心情！

卢卡一遍遍地看着信，这是个好兆头，对吧？他终于约到了心仪的女生了！不见不散，多么美妙的约定啊！

随着地铁离火车站越来越近，少年的心脏开始砰砰直跳，随即增添了种种担心：担心发型被风吹乱了，担心会不会有点口臭，担心待会儿自己表达不好，担心精心挑选的衣服不中雪儿的意。反正，越是即将见到雪儿，越是紧张，几乎有种考试的感觉！

在火车站的花店里，卢卡进去，左挑右选，精心挑了一支茁壮的红玫瑰。

玫瑰玫瑰，你要多替我长脸哦，万一我紧张到说不出话来时，你就要出场了哦……

在火车站前面，卢卡很快找到了那家咖啡馆，很出名的咖啡馆，里面的人总是很多。

一手握玫瑰，另一手按住狂跳的心。在经过咖啡馆时，他就透过橱窗想找雪儿，但没有她的身影。

卢卡进了咖啡馆。远远看到靠窗的角落位子空着——卢卡特意提前了10分钟。

这比较好，等着姑娘来，这等待的时间，还能酝酿酝酿，平复平复——不然，这心脏跳得太快了。

卢卡穿过或站或坐喝咖啡的人群，挤到角落位子，却发现有四人位子的小圆桌旁已经有个戴帽子的身影。

卢卡手持玫瑰，冲着那个低头看书的戴帽子身影友好地问："您是不是预定下了这个桌子？"

那个戴帽子的人缓缓抬起头来——这一抬头把卢卡吓了一跳，手中的红玫瑰都差点掉落在地。

来人不是雪儿，而是雪儿的爸爸，威严的马里！

"你好卢卡，是的，这桌子是我定的。谢谢你准时——不，提前——来赴我的约会。"

卢卡目瞪口呆，他想起口袋里打印好的邮件，拿出来看。

是雪儿的电邮地址没错啊。

"这信是我写的，用的是雪儿的邮箱。所以我没有在信件后面署名。"

马里淡淡地说。

先是呆若木鸡，然后是惊慌失措，接着又是愤怒有加，卢卡的表情在复杂地变化着。

这是什么甜蜜约会，简直就是坑人嘛！这是人生中最糟糕的一次约会！

眼见少年的脸上有恐慌和不悦，马里立即适度安抚："先歇会儿吧，要杯什么？卡布奇诺吧？来，服务生，麻烦再来两杯卡布奇诺！"

卢卡呆呆地立在那里。手中的玫瑰就是一把刺。

"你为什么要通过雪儿的邮箱发邮件？"卢卡涨红着脸，把玫瑰扔到一旁——这是他的人生中第一次买玫瑰，第一次送花，却没想到是这样的情形。

"抱歉卢卡，我理解你的心情。不过你先歇一歇，不用这么着急发问，我也正想与你谈谈。"

一股气憋在卢卡心中。刚才是那么渴望见面的甜蜜，但现在，全部被眼前这个男人毫不留情地践踏了。

待服务生送来咖啡，马里抿了一口，开门见山："卢卡，我看了你给雪儿的信——说实在的，那情书真的写得不咋样。"

"您——"刚平静一会儿的卢卡立即涨红了脸，"您这是触犯法律！您竟然会偷看别人的私密信件，真是不可思议！"

见到卢卡脸上愤怒的神情，马里双手往下压，示意他平静："我先说声抱歉，但是，我是中国人，雪儿是中国人，按照中国的习惯，在孩子成年之前，父母可以代替孩子作一些决定，父母也可以拥有孩子的邮箱密码，以便父母监督孩子的成长。当然，等雪儿满18岁了，我肯定不会去拆她的信件，也不会再从她的邮箱里发邮件。"

马里说得理直气壮，卢卡年轻的脸庞一会儿红一会儿白，却一时没话可说。

但是，这实在不是个好的体验，卢卡感觉自己在雪儿父亲面前有快被脱光了的尴尬，而且有愤怒还不能举手回击——因为马里很善于说：这是中国的习惯，在中国这是正常的，中国人就是这样的。

“小伙子，我感谢你对我家雪儿的善意和爱慕，但是我得告诉你，你们不适合。”马里慢腾腾地说。

“为什么？您连这个也要管吗？”卢卡手指心脏，无法掩饰怒气地问。

“小伙子，你了解中国的历史和民俗吗？在中国，女孩子交什么样的男朋友是很重要很关键的一件事，中国的父亲，肯定都会管的！”

卢卡想辩驳，但是马里左一个中国如何右一个中国如何，让卢卡根本不知该怎么办。

“那您说，我哪里不合适啦？”

马里看着不服气的小伙子，继续慢条斯理地说：“小伙子，你很阳光，也很聪明，热情，有活力，你以后会找到很不错的女孩子。”

“你在赞美我？”卢卡的眼神里是困惑。是的，他不能理解这样的谈话，一面说着不合适而否决他，可另一面又赞美他。

“马里，请您直接一点吧。若您说的有道理，我改。但是，我真的很喜欢雪儿，你若一定要挡着她，那我等到她18岁好了，那时您就再也没有权利阻止她了。”

马里叹了一口气。

这国外的小伙子，就是这样榆木脑袋不开窍，没办法，若是个中国人，早就明白怎么回事了——赞美他，其实是用个好一点的方式告诉他：他配不上雪儿。

马里只能来直的了。

“这样吧小伙子，我们中国人挑选一个好的男生，第一点看的不是聪明，不是热情，而是诚恳，是责任。什么叫诚恳？那就是坚持。什么叫责任？那就是会承担。我家雪儿，在她10岁时候就拿了钢琴和小提琴9级，但那个时候，你会干什么呢？你就是玩，一点没有自己的想法和目标，更不会坚持。马里，我家雪儿这些年用在钢琴上的时间超过5000小时，用在小提琴上的时间也超过5000小时，你跟我说说，你有哪一样事情，会执着地付出5000小时？”

卢卡愣在那里。

5000小时的钢琴训练加5000小时的小提琴训练，对于一个17岁的女孩子来说，这是什么样的不可想象的人生啊？

“卢卡，因为我是个中国爸爸，所以请抱歉我用中国爸爸的思维考虑问题，在我家女儿找男朋友的问题上，我们一家是很明确的，这男孩子一定要既让雪儿本人喜欢，又要让我这个老爸满意。说句实话，我喜欢的男孩子应该是个能坚持有毅力的小伙子，这样的男生，才能承担责任。但目前，我看不出你在哪一方面会有承担能力。据我对你的观察、了解，你到现在都没有一项长久陪伴你的爱好，我怎么能指望你会长久地陪伴雪儿呢？”

卢卡再次愣在那里：这是什么理论？

犹如被连续击了几闷棍，卢卡一时间啥话都说不出来。

……

卢卡已经记不清楚，他究竟是怎样失魂落魄地离开咖啡馆的。后面的记忆，对他来说是一片空白。

若能选择失忆，卢卡愿意这一整天都没有经历过。太悲剧的一天了。

慢慢走在回家的路上，被风一吹，头脑清醒了一点。

卢卡终于有点缓过神。他好像听到了一句，刚才，雪儿的爸爸说什么来着，“据我对你的观察、了解”，这话是什么意思？雪儿老爸是克格勃的干活儿？

卢卡忍不住打了个寒噤。这个中国中年男人，深藏不露啊！

卢卡回到家，一脸沮丧。

他没有看到餐桌的烛光，没有留意到包装好的礼物盒，甚至没有闻到满房间的牛排香味。

“哥哥，哥哥……”汉斯从房间里飞奔出来，满脸灿烂地迎接。今天他出卖了哥哥，要先卖个乖。

不过此时的卢卡可一点没像下午那样有精神气儿。

“卢卡，你怎么啦？你知道今天是什么日子吗？”米勒耐着性子盼到了儿子回来。他希望儿子能看到他这个老爸的半天忙碌和一片父爱。

但是，卢卡埋着头，不说话。

“悲剧啦？被直接拒绝啦？”米勒像哥们一样贴心。看着儿子英俊帅气的脸庞，他好像也回想起了自己16岁时候的经历。天啊，时间也真是过得快啊，那时正追求着施黛芬妮的自己，一忽儿恼一忽儿喜，一忽儿甜一忽儿苦，也是这么个鲜活的样子吧？而眼下，激情澎湃的心已经安静，岁月已经把他磨练成训练有素井然有序的俩孩子的爹。

卢卡的表情不是激动，是失落。

看来是个单行道。

米勒理解。

单行道也正常。从初恋到现在，米勒也爱过好几个女人，也被好几个女人爱过，年轻时有精力会来事，单行，并线，刹车，转道，甚至掉头，他都有过，不稀奇。

他打开冰箱，拿出一瓶冰水。

“儿子，老爸是过来人，有经验，若她不喜欢你，那只说明她不适合你，不是说你不够好！我的儿子，这么帅，这么阳光有热情，将来一定会被很多姑娘喜欢的！”米勒贴心地鼓励儿子。

汉斯眨着机灵的大眼睛听老爸讲课，听懂了，今天自己的哥哥出师不利。他冲卢卡做鬼脸，以示安慰。

“我，我……她，她……”卢卡话不成句，显然今天的邪门经历，让他没缓过神来。

汉斯赶紧给哥哥端了杯水。

“好啦，来吃饭吧，首次约会是人生中的一件大事，成功失败都是值得庆贺的……爸爸当年也是这样过来的，告诉你，初恋是美好的，但也常常是伴随苦恼和煎熬的，所以嘛，第一次失败没什么大不了，重要的是把握好以后……”米勒给儿子递碟子，并想再传授一些谈恋爱的秘笈。

但是卢卡，此时的卢卡，估计已经被悲剧击昏了脑袋，突然对自己父亲吼了一句：“爸，我小的时候，你为什么不督促我多弹钢琴呢？ 我若也能坚持下来5000小时弹琴，我不就能追上雪儿了吗？！”

然后他跑进自己房间，狠狠关上房门，不理父亲。

老米勒愣在那里。

汉斯惊异地瞪大眼睛，甩甩脑袋，不明白哥哥这话的意思。

24

马里慈善基金会的项目开始正式进行。

当地报纸报道了一桩社会新闻：一年之前的新年之夜，法兰克福附近城市发生了一起惨烈车祸，一个来自东欧的男子与朋友聚会时喝了两杯啤酒，在带着老婆孩子返回家的路上，车子撞上了高速公路的护栏，导致家破人亡，老婆和年仅三岁的儿子被送进医院，但还是回天无力……男子自己也受了伤，但治疗之后逃过一劫。身体虽然恢复了健康，可这对男子的精神打击和压力远远超过了他的承受力，身为建筑工程项目经理人的他没法再工作了。

天堂地狱就隔几天时间，这个原本很优秀的外国男人，曾经拿着不错的薪水，曾经老婆孩子幸福甜蜜，曾经心怀理想激情豪迈，可眼下的他，只能拿原先薪水的60%的失业金。他刚在一年前买了房子，每月房贷就要1000多欧元，他不想把这房子转卖，因为他妻子和孩子的东西都在，他要怀念。他也很想振作，但可腾挪的时间空间太少了，他都来不及重新积聚力气。

失业金只有一年可拿。一年后，他依旧不能正常就业，因为忧郁、自责和歇斯底里总是会时不时袭击他，没有雇主敢要他。按照规定，接下来他就只能申请社会救助金。

但是申请社会救助金是有条件的：无房无车无工作。只有这样的情况下，社会救助机构才可以提供租房费用、各种补贴和最低生活费。

但是男人死活不想卖掉他与妻子共同购买的小房子，那是他对家人的唯一念想了。可这种念想又让他陷入生活困境。

这样的两难，被记者在报纸上大大地描述了一番，希望让读者帮这个外国人想个办法。

不过，向来理性的德国人是评论多而帮助少，他们热烈评论着这个外国人是否该获得社会救助，是否值得大家捐助，是否该卖掉他的房子……人人都在哀其不幸怒其不争，惋惜他应该在领取每月2000多欧元失业救助金的那一年里努力找到工作，却没有人伸出能给予实质帮助的手。

在接受马里基金会救助之前，这个东欧男子已经快被忧郁和贫困耗干了，他说他不是不努力，但是他的意志力比不上德国人，他从小受教育的过程中没有德国社会的“意志力”这一课，所以在领取失业金、需要重新调整心态的一年里，只是在酗酒和游荡，他失去了修复的最好机会，导致眼下犹如进入死胡同一般。若能有哪怕只是半年的调整机会，他一定好好把握，重新就业。

后悔是没有用的，德国人很无情，他们只遵循救助规则。

东欧男子眼泪汪汪，说他只能贱卖房子了，回到自己家乡去，关于妻子和孩子的一切美好记忆，他都埋葬在德国……

马里看到了这条新闻。在与理事会的同仁商量之后，慈善基金会给报社写邮件，说他们愿意资助这个不算很坚强但起码勤奋守法的男子。

就这样，这个男子上了马里基金会的第一批资助名单。这个外来的移民，经历了异国他乡的家破人亡的意外伤痛，如今在另外一个外国移民的帮助下，至少有舒一口气的时间了。若帮他这么一程，然后他自己坚定起来，接下来的路也许就顺利多了。

得知获资助的消息后，东欧男子一再向马里表达感谢。马里简单地说："你对逝去妻子孩子的念想，让你不舍得卖掉你和你妻子一道买的小房子，也许有的德国人不理解，但我很理解。以后的日子，加油吧！"

东欧男子抱着马里，哭了。

马里基金会资助在德国陷入困境的外国人，每个月从申请者中按照需要帮助的紧急程度挑选两位进行资助，资助以一年为期，每月支付1200欧元的资助金。基金会鼓励被资助者积极自救，重建人生，若实在需要继续资助，也可以申请下一年的救助。

基金会的另一位资助对象是在大学里未婚先孕的亚裔学生——坦率地说，是来自中国。年龄已经不小的读硕女生与一个来自韩国的男生在孤独的留学日子中逐渐生情，生活在了一起，后来女生意外怀孕。此时，曾经美好的男女感情终止了——韩国男生留下了不多的一点钱后消失了。

女生因为以前流产过，再次打胎很可能导致未来怀孕不易，为了保住自己当母亲的愿望，女生希望生下孩子。

读硕女生本来就没有奖学金，要依靠假期的打工来养活自己，而且由于没有长期居留卡，将无法从德国政府那里得到一分钱的孩子补助金和母亲补助金。

女生几乎要抑郁了，捧着日渐隆起的肚子，在要不要孩子的选择中煎熬。

很幸运，她上了首批资助名单。出于特别情况的考虑，给她的资助是两年。

女生长长地舒了一口气，泪水当场不争气地滑落。每月1200欧元的资助，这个资助金够她和未来孩子的生活费用了。遇到这个基金会，是不是证明上天是平衡的，在被人不善待的时候，世界上还是会有友好和无偿的善意降临？

女生泪水涟涟地紧紧握住马里的手，一个劲感谢。但是马里在安慰之余又淡然地说："基金会帮助你，这是你生命里的小花，但是你生命中的最重要的事情，是自救。"

……

尽管慈善事业在安静地进行着，但是关于慈善的工作一点不安静。马里的公司有专人打理慈善网站，当贴出关于慈善项目的信息后，短短时间里就排上了不下10个申请资助的人员名单。基金会理事会成员就要对申请者作详细的沟通和了解，来确定最需要得到资助的人选。

法兰克福当地报纸报道了慈善项目的进展。

法兰克福的外国人有10万，但是唯独马里一人创立了帮助外国人的基金会。

在市政府的一个庆贺活动中，马里被法兰克福市长单独约见，市长热情地握着他的手说："法兰克福是个开放的城市，其他人都能证明；法兰克福是个融合的城市，这个你最能证明！马里，我的朋友，我真为你骄傲，你是外来移民中最自信的那一位！"

镁光灯啪啪啪不停闪在市长和马里身上。

"对了，马里，两个月后就要启动法兰克福外国参事的选举了，这是五年一度的竞选，公平透明，所有选举人和被选举人都是非德国籍的外国人，若被选上外国参事，就要以外国人的身份，参加本市的很多活动，要参政议政，建言献策，尤其在面对一些涉外事务时，外国参事更会承担重要的角色。当然，这个职务是没什么报酬的，只是有为公民服务的荣誉，当然还有积极的社会影响力。你不参加竞选，那谁参加啊？”

马里看着市长：“从事公益，我很愿意啊。”

“好啊，那我来推荐你。”市长说。

“真的？说到做到哦！”马里紧抓住机会。

“但我只是推荐，竞选可完全要靠你自己了！”市长拍着马里的肩膀，呵呵笑着说。

第二天，马里与市长亲切握手热情相谈的照片出现在了法兰克福的报纸和新闻网站上，当然也出现在马里慈善基金会网站的首页上。

24

卢卡在雪儿的窗户下，边徘徊边吹着口哨，想吸引心爱的姑娘的注意。

卢卡的口哨技术不错，都练了好几年了，就是平时不大显摆。前两天他脑洞大开，这门隐藏的技术原来也可以当鸡毛信！雪儿老爸对他残酷打压，雪儿又没钟情于他，明明是在一个信息无所不达的时代，他却不得不使用这样原始的方式来试着敲开心爱姑娘的心扉。

已经在网上下载了好几首中国流行歌曲，卢卡这几天废寝忘食发奋学歌，什么《月亮之上》《你到底爱谁》《别说我的眼泪你无所谓》《何日君再来》，甚至连《冲动的惩罚》也被他找了出来——网上说这些歌最容易被人在歌厅里点唱。

卢卡在邻居家旁，边散步边故作不经意地吹口哨。他不懂歌词的意思，但觉得旋律不错，与德国的歌曲相比有种不同的味道。他先是走过几十米再折回，以散步作为掩饰。为了更高效率，他毫不顾忌地蹲在邻居家门前，尽情吹哨。可能是恋爱中的男孩看什么都是爱情，尽管不懂歌词，但卢卡一哼哼就哼出了爱的感觉，于是越吹越亢奋，几乎就在花园街56号的门口专职口哨表演了。

花园街很安静，偶尔有高档车子无声地开过。都是同一个社区的邻居，车子里的人冲卢卡挥手。卢卡眉开眼笑。

还有几个年轻的孩子背着背包穿着球鞋经过，好奇地问卢卡在干嘛呢，哼的是什么歌。卢卡笑笑，天机岂可泄露呢？他挥手让同个社区的玩伴们自己赶紧踢球玩儿去，别影响他在这么重要的场合的爱情表白。

在男孩子吹到第四曲时，花园街56号二楼的窗户终于打开了。

卢卡一阵惊喜，满怀希望地抬头观看。

“楼下这位先生，您若继续在我家门口制造噪音的话，我就要报警了！”

头顶上，马里不怒而威的冷静又生硬的声音，像岩石一样砸下来。

卢卡在书桌前，继续给雪儿写信。

这个像恶魔一样的精明又冷酷的中国父亲，几乎剥夺了他作为钟情少年的一切自尊。

但是，这又怎么样？他喜欢雪儿，他爱雪儿，这是上帝给他的热情，17岁少年的热情被点燃了，就不可能被一个中年男人熄灭，这火焰要熄灭，没那么容易！马里再狡诈，再无情，再可恶，也阻止不了上帝给予他卢卡的智慧和力量！

哼，一个老男人而已，我怕你吗？

用漂亮的字体写好了信，封上封口，贴上邮票。

里面是自己写的诗。

知道法兰克福之子歌德吗？他就是那样始终有着一颗为爱而热切燃烧的心，所以能写出那样长留世间的诗作。自己的才能固然不能媲美歌德，但是爱情之火焰是同样的灼人！

这次，卢卡不再自己投递，而是去了邮局。他要让邮差投递，看看雪儿的老爸还敢不敢私拆女儿的正式信件！

马里刚从家里到公司。他脱下考究漂亮的意大利Zegna西服，挂在一个铮亮的不锈钢衣架上。

刚才开车的时候，马里还在想，女儿的17岁生日就要到了，他该怎么庆贺才能给自家公主留下一个美好的少女记忆，这时苹果手机提醒了他，他的工作邮箱以及女儿的邮箱里都有最新来信。

坐在德式的、显着不锈钢冷色调的办公桌后，他打开电脑。

女儿的信箱里，躺着封上海男生云哲的来信，小情人间的语气，有点轻佻的调情，问雪儿的三围，那男生要买内衣给她做生日礼物。

马里微皱眉头，果断删除，不露痕迹。

不是他马里当爹太古板，不许女儿谈恋爱。17岁的青春好年华啊，恋爱是很正常的，按照德国的教育观点，恋爱还会培养少男少女的责任感以及社会融合力呢。只是，自己女儿找的小男朋友，实在进不了马里的眼睛。

一个最正常的男人，首先应该有阳刚之气吧，站在那里，像棵松一样，任凭风来雨去，都能笔直坚挺，可那男孩子，别说风雨，就是太阳稍微大一点，就要涂防晒霜，怕皮肤晒黑了。

还有，一个稍微有点要求的男人，应该能独立一些吧，衣服该自己洗吧，房间该自己整理吧，可那男生倒好，一口一个“我妈咪我爹地”，好像他爸他妈应该一辈子跟随着他。

再看看17岁的德国少年，都已经很有责任感了——对自己负责任，大量阅读，每天锻炼，身心健康；对家庭负责任，照顾弟妹，温和宽厚，主动做家务，随时为家庭出力；对社会负责任，积极做义工，暑期打工，参加各种项目……可是，相比起那种朝气蓬勃、热情上进的男生，他，这个叫云哲的男生，根本不是正常男孩，是娇滴滴娘炮，是奶油少爷！

所以，马里坚决反对他们谈恋爱。

马里又留意了一下女儿邮箱里以前的邮件，有两封是来自邻家那个小伙子的。但是，一直没被雪儿阅读。马里笑了，看来邻家那个愣头青，根本不进自己女儿的眼睛，他的邮件，雪儿连阅读的兴趣都没有。

唉，这位痴心求爱者，什么时候是不是要提醒他一下，想要得到优秀的东方女孩雪儿的注意，那该有多难。

刚才手机提醒他还有邮件，在自己邮箱里。

马里换了邮箱，查看，是一封来自上海一家媒体要求采访的邮件。

尊敬的马里先生：

我是《上海生活周刊》杂志的编辑温晓钰，很高兴通过网络媒体的朋友认识您。《上海生活周刊》是一份集新闻、文化、时尚、旅游等为一体的综合杂志，向全国的读者传达一种积极奋进同时又是五彩缤纷的能量。

马里先生，得知您成立了德国第一个华人慈善基金会，很是钦佩，同时又有些好奇：为什么您愿意把施以援助的双手伸向外国人？所以，我很想对您做个采访，最好是视频采访，不知马里先生是否愿意？

很是期待我们杂志可以与马里先生有互动。您知道吗，若您能答应我的采访，您将是我的第100位被采访者。当然数字不重要，重要的是，既能把马里先生的慈善行为传播到更多的地方，同时也让更多的人了解马里先生心中关于慈善的理念和意义。

致以美好祝福！

温晓钰

这位编辑很是细心，随着邮件她还发来了《上海生活周刊》的电子版。

说马里收到邮件后，心情如表情那般平淡，那是不可能的。《上海生活周刊》是一家口碑很不错的杂志，马里当然知道。能被这家杂志访谈，对于他的慈善基金会来说，自然是好处多多。只是，他习惯了表情一直像森林里的湖水水面一样。

马里打开了杂志电子版。在杂志里有各个编辑的介绍，他看到了温晓钰的名字，点击进去，是介绍，还有照片。

马里看到照片，愣了——虽然她显得年轻，但她与简雪那么像！不仅相貌，连神情都像！

当天，马里一直都是心神不定。多年不去回想的那个人影，在一张似曾相识的照片的刺激下，不断迸出记忆。

中午，他去附近的餐馆吃饭时，走神了好几回。

25

跑步这种运动是会上瘾的。

米勒以前只爱舒缓类的运动，比如高尔夫。但现在，没几个星期，米勒环湖跑的速度已经明显提高，不再是最初散步式的慢跑了。

跑步中会碰到有趣的事物，比如各种小动物——野兔，天鹅，野鸭；在不同的时段去跑步，还会遇到各种各样的人——在草地上半裸着日光浴的年轻人，带着一家人在湖边烧烤的土耳其家庭，还有身材靓丽、被弹力衣裤包裹得屁股浑圆的同样在跑步的姑娘；对了，跑步还能碰到各种奇葩的风景：突然狂风大作，突然彩虹高挂，突然阳光普照……

跑步能让米勒忘掉烦心事。

就像上次，他为卢卡过生日，一个老爹，这样巴巴地给儿子做生日牛排，巴巴地点上蜡烛等儿子回来，结果，求爱不顺的17岁浑小子竟然把火发在他身上，跟他算陈年旧账，说他这个当爹的当年不负责任，没督促他好好弹琴，以致现在女孩子看不上他……这是什么狗屁混账的逻辑。当即自己几乎要火冒三丈冲上楼去找这个浑小子开战一场，不过后来想想，这力气还不如用去跑步，于是，他就跑步了。结果，他刚跑到天鹅湖边，心中的怒气就全部消散，只觉得，哎，年轻人，年轻人有什么好计较的！

就是，年轻人有什么好计较的？年轻人嘛，就是那样火气旺，需要发泄，自己是老爹，就让儿子发泄发泄也没什么不好的。

不过第二天一早，儿子买了鲜花，而且破天荒准备了很丰盛的早餐。那像高档酒店里的丰盛早餐的架势把他吓一跳。卢卡说向他道歉，说他是世界上最好的老爸……瞧瞧，这不就是跑步的好处吗？若不跑步，也许他和儿子都会三天不说话呢。

所以，此时，米勒跑步越发觉得脚步轻快了。

沙沙沙地，后面又传来了更轻快有力的脚步声，声音逐渐靠近，甚至听到平缓的呼吸声，显然是个跑步老手。米勒往一边靠，让出路来……

但是，脚步声没有超越，而是保持在身后。

米勒正觉得怪异，这时后面有声音传来，很熟悉的声音——是邻居马里的声音。

“你儿子最近好像在谈恋爱呢。”

米勒一愣，对于这个向来不按常理出牌的邻居的突然发声，显然一时不知如何回答，好一会儿后才傻傻地问：“你怎么知道？”

“你儿子在追求我女儿。”马里一边平静地跑步，一边淡淡地回答。

米勒回过神来了。原来卢卡苦思不得的是邻家的姑娘啊。

“这是他们年轻人的事情……”米勒跑步没马里轻松，边跑步边说话让他有点喘。

“谈恋爱是好事，但要看是否适合。”马里打断他。

“鞋子适不适合只有脚知道……”米勒不悦。他可不想有人当他的老师。

“但他不会成功的。你转告他，年轻人不要做浪费时间的事情，青春的光阴是很有限的！”

说完这话，马里就轻松超越了米勒，然后加快步子。很快，马里与米勒之间的距离，越来越远。

米勒愣了愣，好半天，才大致明白自家儿子这段时间在干些什么。

看着消失在远方的健硕背影，米勒牙齿生疼——好拽的邻居啊！

雪儿与老爸在愤怒地对峙。

“爸，您一直在偷看我的邮件？”

马里看着女儿，没承认也没否认。

这一天，雪儿和她国内的小男友云哲偷偷聊视频，雪儿要过17岁生日，邀请了一大批朋友去一个运动游乐场玩。可惜云哲远在中国，不能参加雪儿的派对。云哲问她暑期什么时间回中国，他想给雪儿补过一个生日，并问雪儿的三围，因为要给她买漂亮内衣当礼物。这些都在前些天的邮件里问了，可是雪儿一直不回复他的电子邮件。

雪儿奇怪地说：“我都好久没收到你邮件了啊。”

云哲像个小男生一样半粘乎半撒娇地说：“我还以为你有新男朋友了，不理我了呢！”

雪儿说：“那你把原先发过邮件的记录再给我一下。”

云哲就重新发了一次邮件。这些再次被发送的邮件都显示了第一次发出的时间。显然，有人删除了这些邮件。

雪儿恨恨地紧咬嘴唇。

“是不是你爸……”云哲看着雪儿的表情，小心问。

除了自己老爸，还会有谁呢。

“爸，您不应该这样做，这是违反法律的！”雪儿冲进父亲的书房里，挥着手中的平板电脑，神情愤怒。

马里从书桌上巨大的电脑屏幕后面探出头来，坐到一旁的沙发上，示意雪儿也坐下。

“爸爸，您这样做不好，非常不好！”雪儿柳眉倒竖，义正辞严。

“雪儿，你记住，爸爸对你永远没有恶意，爸爸比你有更丰富的人生经验，爸爸只是想给你一些指导。”马里淡淡地说。

“但是，爸爸，这对我不公平！我是独立的人，我不是您的附属！”

马里笑了：“公平？这世界本来就没有绝对的公平。当你刚刚从中国来到德国时，你就不断问我，为什么你看到的德国人都在悠闲生活，经常度假，而你的老爸却必须辛苦工作，根本不能带你们去度假。当时老爸对你解释，我们是外国人，所以要更努力。你那时候就说：这对爸爸不公平！”

雪儿皱一下眉头：“这是两码事……”

马里说：“但爸爸觉得，不公平也是公平里的一部分，此时生活对你不公平彼时又会厚待你，所以整体来说又都是公平的。当你很小的时候，你觉得爸爸总是在要求你学习，觉得不公平，而到现在，你确实变得非常优秀，你自己也拥有比他人更多的自信，你说，这是不是生活给你的眷顾？”

雪儿还没来得及说什么，马里又淡淡地接着说：“雪儿，若当初爸爸由着你，就是让你的童年疯玩，爸爸自然可以省下很多的精力，还能省出很多的金钱，但是，若是那样的话，怎么又可能有现在这样出色的你呢？

“何况，当初，这个你人生中的第一个电子邮箱是爸爸帮你申请的，那时你才10岁，你说你要多和爸爸写信，爸爸在给你申请好邮箱后就与你做了一个约定，你的邮箱允许爸爸拥有密码一直到你成年，当时你是答应的，对吧？”

雪儿一时语塞。

“雪儿，爸爸知道你此时在想什么，你想终止这个邮箱，让它荒芜，甚至自动消失，觉得这样可以脱离你老爸对你的约束。不过，老爸要告诉你，你要这样做，我当然没办法，只是，有尊严懂修养的人都会遵守契约，本来我们也是遵守某种契约的，像大多数人一样，但是社会里总有那么一些人就是说话不算话，他们自己就是甘愿成为不体面的人，那我们也对之没有办法，对吧？”马里轻描淡写地说着。

雪儿咬咬嘴唇，不说话。这个老爸，读过博士，尽管最终没读出来，但学问自然比自己大多了；当过导游，辩论也比她强多了，所以明明是他理屈的事情，都能让他说得振振有词。

“但是你影响了我的正常社交……”

马里笑着说：“若是真正的、健康的正常社交，爸爸欢喜和支持都来不及，因为那说明你在这个社会融得很好，你有很多朋友，你很可爱，很多人都喜欢你，爸爸就喜欢你这样开朗阳光。你自己说说看，每次你与你的同学朋友聚会，去的时候送你，回来时候接你，只要是在晚上12点之前回家，爸爸什么时候反对过？爸爸不是古板的人，爸爸比世界上任何一个人，都希望你走在一条快乐和幸福的路上，而不是误入歧途，遇人不淑，被人误导，受到很多的伤害，增添很多的痛苦，那不是爸爸想看到的。”

雪儿有说不出的郁闷。自己的老爸，就是能够以爱的名义，毫不留情地剥夺自己的权利，若自己奋力与之对抗，得到的却是如棉花般温柔的化骨绵掌。

“好的，我遵守诺言，我允许您随时闯进我的邮箱任您巡视，但是，也请爸爸您不要干涉我的正常交往——”

说着，雪儿当着父亲的面，在邮件箱里找了一圈，找到一封卢卡的来信，立即调出来，回信：“亲爱的卢卡，抱歉一直没有回信，周末是我的17岁生日，想邀请你来参加我的主题为‘玩到最后一刻’的生日派对，你愿意吗？”

点击，发送。然后，雪儿挑战一样看着父亲。

雪儿知道，不久前，父亲也曾阻挡过卢卡给她的求爱信，卢卡也上了父亲的黑名单。只不过，卢卡在她心里没有分量，挡了就被挡了，无所谓。

现在，她要拿卢卡来回击父亲，看看父亲以后是否还有“支持你的正常社交”的完美借口。

马里眼看着那信件被女儿当他的面发出，知道那是女儿对他的示威。他微笑着只是扬了扬眉头，似乎表示毫不介意。

卢卡终于收到了雪儿的来信！这是雪儿第二次给他的邮件，而他已经发出了十多封邮件。哇，追求一个东方女孩子，还真是要费力气呢——但是，卢卡在最初的狂喜之后很快警觉：又是一个陷阱？

卢卡在脸书上与雪儿小心求证。

“雪儿，你要过生日了吗？”

“是的，我向你发了生日派对的邀请。”雪儿很快回复。

看来是自己多心了。卢卡释然。

但是，稍等！万一与自己对话的不是雪儿，而是那个让人胆战心惊的中国男人马里呢？冒充自己女儿、阻挡一切追求公主的男人，这样匪夷所思的事情，在那个变态男人的嘴里，竟然会是“父爱”！

大大咧咧的卢卡此时简直比侦查人员还要细心。他必须为了与公主的见面，排除一切“危险”因素。

“雪儿，你还请了什么人呢？”为了做好实证工作，卢卡小心地打着外围战，以排除马里的阴险设计。

“大多是我们班里的同学，共十来个，一半男生，一半女生的样子。”

“哦，那你爸爸去吗？”

“可能会去吧，我不知道，但是他要去的话，主要是支付账单的角色。”雪儿轻描淡写。

卢卡有谱了，邮件看来肯定是雪儿本人发的。

那担心什么，有十多个人在呢，就算马里在现场，还怕什么呀？森林速降，那可是自己很喜欢的运动呢，嘿，正好可以向雪儿显示一把！

“对了，别忘记带上泳衣，那里有个超级棒的泳池。”雪儿提醒。

哇，还可以游泳，那更棒啦！虽然自己游泳不是最出色的，但是身材是一级棒的，正好可以在自己心爱的姑娘面前露一下性感肌肉！

卢卡越想越美，心情美到都有点熬不牢了。

天啊，周末啊，派对啊，快点来吧。

26

马里穿着漂亮的西装去公司。

今天，说好了将要接受杂志编辑温晓钰的视频采访。不知为何，马里的心里有种说不清道不明的期待感。

此前，温晓钰做了好几封电子邮件的沟通，也向马里发送了采访大纲。温晓钰说，因为现在的杂志都有电子版，而一些访谈节目若配上声音画面，将会更有读者缘。对此马里表示理解，愿意配合。

不知是因为温晓钰与自己的前妻相貌相似的缘故，还是温晓钰本身就善解人意，马里感觉俩人的沟通很是亲切和轻松。

马里将西装外套挂在衣架上，他环顾办公室，办公室如往常一般一尘不染，不过还是再检查一遍，把桌子上躺着的一支钢笔插进笔筒里。

马里让助理小刘打开视频，看电脑里自己的画像，他身着合身的马甲和白衬衣，两者的色彩和面料都搭配得很精细，他的头发浓密漆黑，更重要的是，多年的不间断锻炼让他的身材看起来很不错。他一会儿坐在办公桌后面，一会儿又坐在会客区的沙发上，比较着待会儿用哪个角度的视频呈现会更完美。

不知为何，马里有点不安宁，待会儿视频的那个人，不知是否与简雪有些联系。

几经比较，他还是决定坐在黑色的真皮沙发上，因为那会显露出更多的躯体。他48岁的躯体，是他人生的重要一部分。

小刘也说，坐在沙发上更有范儿，也更显年轻。

小刘还笑着说：马总今天看起来特别潇洒，特别帅。

马里说小刘越来越嘴滑，总想讨好老板。可讨好老板是不会涨工资的。

话虽这么说，马里还是心里舒服熨帖。手机响了，是温晓钰的电话。温晓钰问他，是否可以开始视频。马里说可以。

小刘出门。马里向助理提醒，待会儿的一小时内不要打扰他。

在50吋的大屏幕上，显示出了温晓钰办公室里的场景，几株绿色植物，堆满杂志的桌面，甚至还有可爱图案的马克杯，没有他的办公室那么清冷。

然后，温晓钰的头像出现在大屏幕上。与照片一样，年轻，漂亮，与简雪有75%的相似度。温晓钰穿一件白色吊带，外面罩一个色彩明艳的针织衫，有种青春活力。

温晓钰同时也看到了马里的工作环境，她一吐舌头，说："马总的办公室是非常典型的德国人办公室啊，冷，高，清！简直同电视里一样，估计这个视频会吸引很多德粉的！"

马里难得地露出一笑。

温晓钰说："访谈大概1小时，马总可以随意聊，到时候编辑会根据效果进行剪辑。"

尽管温晓钰做了宽慰和放松的工作，马里还是严阵以待。他可以精心选择服装和场景来吸引读者，但是对于工作的访谈，他不想过多爆料。

"温编辑，在正式采访之前，我想大致了解一下您，待会儿也好有个过渡，可以更加随意地聊。”马里轻描淡写地铺垫前奏，以掩饰自己要打探对方的企图。

“好啊好啊，我也正想要向马总介绍一下自己的。我是上海新移民，在上海读大学，然后就留在上海工作，打拼……我看马总的介绍，您曾经也是上海人？”

“我不是曾经，我会一直是上海人的，过去是，将来也是。我虽然事业的很大一块在德国，但每年都会好几次回上海。”

“哦——我知道了，您的公司的名字，爱海，意思就是爱上海，对吗？”

马里点点头。

“那温编辑的老家在哪里呢？”不知怎么回事，马里总想取证一些温晓钰与简雪的关联。

温晓钰爽朗一笑：“我是东北大妞呢！”

马里一愣。没有关联，简雪是上海原住民。

“那你为什么选择上海呢？你的祖上是不是与上海有关系？”

“上海这么生机勃勃又时尚精致，作为女人当然喜欢这城市啦，至于我的祖上，还真一直都生活在东北，与上海一点关系都没有呢。”

看来是彻底没关联，就是两个女人长得有些像而已。

马里心里叹了口气。

“好吧，那我们开始吧。”

27

卢卡发现，这个生日派对，固然不是马里布局的陷阱，但是，参加这个派对带来的后遗症，简直比陷阱还惨不忍睹。可是等他明白这一点时，已经迟了。

派对在一个森林游乐场里进行。那是个综合型的巨无霸游乐场、除了森林高空探险、速降等冒险性的游乐设施外，还有足球场、游泳池、篮球赛场等大众运动场所。当然，也有用于自助烧烤的全套设施。

雪儿生日派对的主题是“玩到最后一刻”，也就是说，在这个巨无霸的运动游乐场里，大家可以尽情运动，运动到实在动不了了，就去吃烤鸡翅去——当然，谁第一个放弃谁就是最没有运动能量的人。

对于德国这个全民运动的国度来说，可没有一个十七八岁的小伙子愿意成为第一个撑不下去的人。

马里，那个令他惴惴不安的男人还是跟随着一群阳光灿烂的少男少女来了游乐场。不过，看他那样子，穿得那么精致体面，确实是休息厅里喝喝咖啡然后给孩子们慷慨买单的角色。

卢卡两眼发光地看着洋溢着青春气息的雪儿。她的一举一动都是那么可爱！在玩森林速降时，大家都要换上好几公斤重的专业保险装备，其他女孩子在背上那装备后看起来傻傻的笨笨的，可雪儿，英姿飒爽，玉树临风，显得更加性感了呢。

在森林速降营地里，卢卡一路跟着雪儿，他原想保护她，可是雪儿不需要，雪儿说她父亲每年都会带她来玩好几次，她不怕。她让他自己尽兴玩，别偷懒。

马里？那个总是西装楚楚的男人，还会经常来玩速降？卢卡有点不相信。

就在卢卡把森林高空探险里的所有探险路径都经历了一遍之后，卢卡听到有人在喊他，是马里。马里已经换了一套运动行头，问他是否愿意一起跑步。

跑步？好啊。这高空探险对他卢卡不过是小菜一碟，那么跑步更是了。

卢卡卸下装备，轻松地看着马里。

马里递给他一个计步器，表情淡然："我们一起跑步吧，跑个45分钟，不用让着我，看看你我各能跑多少公里。"

卢卡想，这马里今天是存心给自己展示的机会啊！45分钟是半场足球赛的时间，在足球场上，他卢卡可是跑不死的前锋呢。马里让自己不要让着他，嘿，那马里可就要没面子啦！

其他男生见有一场田径竞技赛，情绪立马亢奋，有人当裁判，有人设筹码，各自押宝，看谁胜出。

在众人的见证下，卢卡和马里同时按下计步器，开始长跑。

卢卡腿长，肌肉结实，年轻力壮，没跑多久，就把马里给远远抛下了，一群年轻人大声鼓掌。不过，马里神情淡然。45分钟呢，还远着。

卢卡跑在森林里，心情愉快，心胸开朗，觉得今天真是个好日子，也突然觉得马里不那么用心险恶了。他甚至有点怜悯起马里，若到时候超出好多的话，是不是要让着点。田径赛虽说要"公平竞争”，可与一个年长自己快30岁的人赛长跑，本身就不那么公平……

就在卢卡东想西想的时候，身后传来了有节奏的跑步声，是谁也在这安静的森林里跑步啊？而且听脚步声，不重，好像也是个年轻人。

“怎么这么快就慢下来了？”耳边传来熟悉的声音。

卢卡吃了一惊：是马里？

一回头，果然是他，且马里神情平静，呼吸均匀，一点没有跑累的样子。

这让卢卡大为震惊，他怎么这么快就赶上来了？

“你再不加快，我就要赶上你了。”

卢卡赶紧加快步伐，又拉出了一段距离。

这男人，怎么能做到的？深不可测啊……可是，若他一直这样能量满满的话，那么自己很难有优势了，卢卡低头看一下表，才过了20来分钟。

这时，卢卡心里好一阵紧张。

紧张就乱了节奏，节奏乱了就变得费力。

果然，在卢卡用自己的青春能量撑到30分钟的时候，眼睁睁看着马里轻松超越，这个中年男人连头也不回地继续往前奔跑，还看起来越跑越快。

卢卡有心无力，实在赶不上去啊。他有17岁少年的体力，但没10年不间断长跑的耐力。

卢卡气喘吁吁，终于以比马里少跑了3公里的尴尬成绩，完成了45分钟的长跑。

马里轻松地擦着汗，对着卢卡说：“不错，小伙子……对了，雪儿的游泳很不错，你陪雪儿去游泳吧，1000米，怎么样？”

一场近一小时的森林高空探险，紧接着45分钟的长跑，然后再让他去游泳1000米，当这生日派对是铁人三项啊……

猛然，卢卡领悟到了，这依旧是这个中国男人的险恶用心！

没有任何悬念，在一汪碧池里，卢卡与雪儿的游泳，以悬殊比分战败。卢卡好像忘记了，在雪儿搬家的聚会第一次认识雪儿时，马里就向众宾客介绍：小女雪儿，年方十七，游泳高手，数学冠军……

原本是一场互相欣赏美感的游泳游戏，硬是被马里设计成了最难堪的比赛。几乎泳池里所有人都为雪儿的优美泳姿鼓掌，又为卢卡的狼狈而善意暗笑。

当卢卡疲惫不堪地坐在水池边的台阶上，抚摸着有点抽筋的脚趾，看着水中如同美人鱼一样轻盈的雪儿，马里披着浴袍走过他身边，貌似不经意地问："你还好吗？"

卢卡喘一口，狠狠地说："我很好。"

怎么能对马里说他快要累趴下了呢。

"累了就说声，别硬撑着，去休息吧，吃吃烧烤，喝喝饮料……"马里语气里全是关心。

这个"玩到最后一刻"的派对主题就是：谁最先放弃玩，谁就认输。

卢卡欲哭无泪。

这世界上的人，最难斗的，就是中国人？

28

米勒在浴室里光着膀子修剪体毛，身子在镜子前面扭来扭去。

这几天他收获了施黛芬妮的赞美：皮特，你的肚子小多了哦！

昨天，施黛芬妮又送蛋糕过来，她站在门口说着这话时，眼神里是久违的爱慕的光芒呢，女人的那种眼神，令米勒很是陶醉了一阵。

本来想请施黛芬妮进来一起喝一杯，但是施黛芬妮说过会儿有女友去她家喝咖啡，只能下次了。

那就下次吧，不管怎样，施黛芬妮满意他的身材修复工程。

米勒动力十足地继续减肥，然后，争取找个好机会，与施黛芬妮度个假。若一切往好的方向发展，把婚给求了，这也是人生中美好的一件事情啊——前面几十年有那么多阴差阳错，若最后还是俩人手牵手，该多好？

从浴室出来，米勒换上家居衣服，坐在沙发上拿张报纸，喝一杯冰镇到7度的白葡萄酒，多么舒适惬意的时光啊！

门铃响，米勒去开门，看到小汉斯陪着神情沮丧的邻家儿子小雨进门。

“小雨，到我房间里去啊，我会陪着你的。”

小汉斯像个大哥的模样，安慰着其实年龄比他还大半岁的小雨。

“怎么啦？”在汉斯开冰箱取冰水之际，米勒问儿子。

“今天是期末成绩单日，小雨拿回成绩单，被他爸爸责骂了，说学期成绩单上的成绩不好。”

“怎么不好？”

“9门课，4门1分，4门2分，1门3分。”

米勒倒吸一口气：这是非常不错的一份成绩单啊，难道小雨爸爸要求小雨每门都1分吗？这怎么可能？

汉斯的眼睛在他爸爸的脸上扫射一下，然后在他爸爸要问起他的学期成绩单之前，赶紧拎了一瓶冰水往自个房间里跑。

米勒的声音在他身后响起：“汉斯，你的学期成绩单呢？我都还没看到呢……”

小汉斯的背影消失在楼道口，米勒继续拿着报纸，哼了一声：“小子，你迟早要给我看你的成绩的！”

米勒不去追问儿子成绩的原因，是不想把眼下他这种美好的状态给打破了。他继续抿着葡萄酒，继续看着报纸。

数小时之后，汉斯陪着小雨去花园里吃蛋糕。在朋友的安慰下，男孩子的心情显然好多了。

“这是你施黛芬妮阿姨带来的蛋糕，记得遇见施黛芬妮时要感谢她哦。”米勒总算放下了厚厚的报纸，也来到花园里，手里是第三杯葡萄酒。

“谢谢施黛芬妮，我下次见到她肯定会说，她的蛋糕是世界上最好吃的蛋糕！”汉斯甜言蜜语。

“汉斯，你的爸爸，比我爸爸要慈爱多了！”小雨一边吃着蛋糕，一边小声对汉斯说。

“我爸爸是挺友好的，你爸爸是——变态！”汉斯爱憎分明，替好友炮轰他父亲。

“汉斯，说话怎么这么无礼呢？”米勒阻止——尽管他心里其实多少认同着儿子对于邻居的这个评价。

“我觉得，小雨爸爸是有点变态，他说2分是在可容忍范围，3分就不是。可是，我觉得3分也是个不错的成绩啊——比起4分来说！”汉斯振振有词地发表评论。

“对了汉斯，你的呢？可以把成绩拿来给我了吧？”

汉斯扭扭捏捏地把成绩单拿出来：2个1分，2个2分，4个3分，1个4分。

“这样的成绩，你觉得明年能上文理中学吗？”米勒看着成绩单，无奈地说。

汉斯低垂着头，像泥鳅一样在老爸身上蹭：“爸爸，我老师说我还是有很大可能上文理中学的，爸，我保证上文理中学，好吗，爸？”

“你想上文理中学，那么你必须努力。你不想上，那么爸爸告诉你，去实科中学学门技术，以后当个烤面包师，也可以是你的未来道路，虽然钱少点，但也可以过得幸福的。”

“爸爸，我要上文理中学，我要和小雨一道去上同样的文理中学！”汉斯跺脚发誓，表情丰富。

对自己这个表情帝小儿子，米勒摇头，没办法。

米勒慈爱地看着两个孩子吃蛋糕，突然想起一个问题。

“小雨，你德语很地道，一点听不出外国人口音，你是在德国出生的吧？”

小雨点点头：“我在德国出生，在德国长大，但我姐姐不是。我姐姐在上海长大。”

“那你们每年都回上海？”

“是啊，爷爷奶奶都在上海，爸爸原先的家也在上海。他爱上海，每年回家。”

“你爸爸，很勤奋，是吧？”这个邻居太神秘，米勒想在小孩子身上了解一点邻居。

小雨吃着蛋糕，心无城府：“听我爷爷奶奶说，我爸爸最初来德国时，很辛苦，很穷，要学习还要打工。而且，我姐姐的妈妈离开了他……”

汉斯瞪大眼睛：“你的妈妈与你姐姐的妈妈不是同一个妈妈？”

小雨点着头：“不是，但是我和雪儿姐姐很好。”

“那你的妈妈呢？”

“她也离开爸爸了。雪儿姐姐的妈妈去日本了，我的妈妈去美国了。”

米勒听了，也难免震惊。这个邻居，一部情史几乎就是一部受伤史啊。

“爸爸经常对我说：男人一定要有本事，男人在世界上要做很多很多事情，所以，他要求我学很多很多东西，要我至少会三门语言，两门乐器，还要会绘画，会跆拳道，会游泳……反正，我挺累的。”小男生唉声叹气。

汉斯嚷嚷：“所以他变态！我们老师说，小学生不用学那么多的……”

小雨又说：“爸爸说了，你们是德国人，我们是外国人，外国人在德国生活，就必须要更加努力和勤奋，不然会被欺负的。爸爸说，我们不仅不能被欺负，而且还要受尊敬，所以只能从小更辛苦地学习。”

米勒听了小雨毫无忌讳的话语，一时无语。

小雨的手机突然想起音乐。

“是闹钟提示，现在是练琴时间，我得回家了。”小雨看了看汉斯，垂下头，依依不舍。

“我们送你回家吧，顺便我去与你爸爸说声，让他可以同意你经常过来和汉斯玩。”米勒善解人意。小雨一听，眼神立马又快活起来。

看到小雨的眼神，米勒更想为这个小孩子在大人面前说几句话，为孩子挣得稍微多一点的童年乐趣。

米勒和汉斯送小雨回家。

在那片熟悉的篱笆墙后花园，摁着小小金属门上的门铃，米勒心情复杂，以前老布在时，他想摁就摁，然后两个好友两杯啤酒，天花乱坠一通，现在，他不过是新邻居搬过来后的第二次摁门铃，而且心脏竟然有点小紧张。真是见鬼了！

马里来开门，还算相当热情地招呼邻居进花园。

“小孩子下午在我家玩，玩得很开心，现在他说是到了练琴时间，所以我们把他送过来。”

“谢谢啦，来来，我们到花园里喝一杯。不逮着机会喝啤酒，那实在对不起德国漂亮的夏天！”邻居马里这点与德国人是血脉相通。

米勒环顾四周，马里的花园打理得很漂亮，鲜花和草木的搭配很是讲究，高低起伏以及色彩间隔都错落有致，显然是专业园丁做的。

在被很多人惊叹过的“月光亭子”里，有个小圆桌和两把椅子，看来这里是这中国邻居喝啤酒的专用位子——确实有味道，有情致。

“你家儿子真的很是勤奋。”米勒手握大酒杯，坐在凉亭下，与马里干杯。

“比起他姐姐，差远了。”马里直爽得惊人。

这是什么父亲？怎么能这样打击孩子？米勒不禁为小雨感到不平。

“他已经很优秀了——不过我不想汉斯像小雨那样辛苦。因为有乐趣的学习才是最根本的。”米勒旁敲侧击。

“学习都是辛苦的，但是学习是有回报的。”

“不要那么在意回报，学习其实也可以轻松的……”

“那是瞎扯，学习就是学习，学会了就永远丢不了。为了不在50岁的时候失业，孩子从5岁起就要学很多，不管是有乐趣地学还是没乐趣地学。”

得，俩人就是不投合。

米勒还想为人师一把：“在德国，学习是很注重方式的……”

马里一句话挡回去：“中国的学习文化和氛围是有自己的特色的。”

“但这里是德国啊。”

“我不会让孩子当德国人，他们永远是中国人。”

米勒心里几乎抓狂：这是什么男人啊？这么固执？

两人冷场，干笑着喝啤酒。

“啤酒好喝。”

“是的，很好喝。”

……

靠，这是邻居吗？米勒只想一口喝干啤酒然后拔腿就走。

不过马里还是有办法让空气融洽：“对了米勒，我们过几天回中国，能否拜托你一件事情？我想把我家的所有钥匙在你这里备一份，可以吗？”

在德国，愿意把钥匙留给邻居，那只意味两个字：信任。

米勒一愣。

米勒以为这邻居是不可亲近的，可谁知人家还愿意把整串钥匙留给他。

米勒赶紧说没问题。

“然后我想请汉斯帮我做点工作，请他每天过来把这个自动浇灌器给打开半小时，给花草浇浇水，我每天付他20欧元的工资。若你当父亲的同意，我就可以正式雇佣他了，怎么样？”

“这可是个很不错的薪水，汉斯肯定喜欢。但你要交代清楚他的工作职责。”

马里点头。

“你每年都带孩子回中国？”米勒问。

“是的。”

“孩子回去做什么事情呢？”

“拜访老人，带孩子去旅游，另外孩子还要上一些中文课，以保证孩子就算在国外生活但依旧不忘记中文。”

“你的孩子，都是中德双母语？”

马里点头。

米勒惊叹。

“中文是很有用的，所以中文必须达到母语水平。你不知是否留意到，雍德乐的员工越来越多人会中文了？”

米勒认同，不自觉地点头。

然后，马里又说：“以后让汉斯跟着小雨学学中文吧，汉斯玩的时间太多了，我看着都觉得是浪费时间，以后每天1小时学中文，孩子小时候你压着他学习，长大后他会感谢你的！”

回家的路上，米勒才回过神来：本来他想帮小雨争取一些游戏时间和快乐童年，结果却被马里在不经意间洗了脑，让汉斯多学习，少游戏。

29

邻居一家回上海的消息让卢卡异常失落。

“什么，他们今天已经回上海了？”

在小汉斯全身湿湿地从邻居家回来，并喜滋滋地炫耀自己今天帮邻居浇水赚了20欧元后，卢卡才知道他心爱的姑娘已经不住在隔壁了。

“什么，一个月后才回来？”卢卡再次大声惊叫。

但汉斯更为开心：“600欧元，我一个假期能挣600欧元，天啊，这是我挣过的最多的钱了！而且昨天马里叔叔已经一次性就把钱都给我了！他真是全德国最好的雇主！所以，我一定要每天好好浇水，保证一根草都不会干死，让他一回家就能看到最好看的花园！”

可是卢卡已经悲伤到无力说话。

马里带着俩孩子，推着行李车从浦东机场大厅出来，炽烈的阳光一下子打在他们脸上。

“爸，上海好热，比西班牙还热。”小雨趴在行李车的把手上，无精打采。

“很快就会习惯的。记着这是中国，是你的家。”马里对小雨说。

“小雨，我先告诉你，你很快会在这里烤成鱿鱼干的。”雪儿恶作剧地吓唬弟弟。

小雨的表情几乎要哭了。

这个没受过苦的孩子！马里哭笑不得。

马里打了一辆出租车，报了一个离复旦大学很近的五星级酒店的名字。

"为什么我们不住爷爷奶奶家？"雪儿问。

"你想爷爷奶奶了？"马里问。

雪儿点点头。在15岁之前，她一直住在爷爷奶奶家。

"老人年纪大了，我们不要折腾他们了，不然他们又要张罗，很费力气的。爸爸已经定了两个大房间，到时候爷爷奶奶也来酒店里住，今晚我们一家人就在酒店里吃团圆饭。"马里解释。是的，他现在有钱，五星级酒店两个房间，也不算多，只要少折腾就好。

小雨欢呼。

"以我对爷爷奶奶的了解，他们最多只会住一晚，然后让我们也去家里住。"雪儿安静地说。

这女孩子就是聪明，其实马里也不能确定父母是否愿意在五星级酒店里住，因为，他们都是一辈子节俭的人。

"爸爸，我要住酒店，不要住爷爷奶奶家，爷爷奶奶家里挤，会让我和姐姐住一个小房间的。"小雨没有受过房子拥挤的辛苦，不乐意。以前回上海，吃得好玩得好，就是到处要人挤人。

"雪儿你呢？"马里问女儿。

"我都可以吧，酒店也行，爷爷奶奶家也行，但是就是不要去你的那个小房间住。"

雪儿说的小房间，是当年马里还在复旦留校当老师，与雪儿妈妈结婚时大学分他的小套，30多平米，分割成一房间一厨房一洗手间，甚至还有点小阳台——可以想象每个空间都是如何小巧，像豆腐乳一样。

但是，雪儿不想去那里，因为她知道，爸爸喜欢在那里独处。

在她的记忆里，她去那里的次数屈指可数，而且，每次去都是倍感压抑。爷爷奶奶的房子固然老旧，但是爷爷奶奶总能带来温暖的零食和陪伴，比如每天晚上10点晚自习结束都会接她放学，路上再买两个热乎的烤红薯，边走边吃。在自己更小的时候，爷爷奶奶省着早点钱，也要给她买孩子们流行的零嘴或者漂亮的小裙子……那是一种绚烂的暖调色彩。可是，爸爸的那个住处，她觉得，只有孤寂，只有冷调。

这种孤寂和冷调，是自己的妈妈带来的吗？

雪儿不再说话。

马里沉默了一下，然后转换话题，用一种将军对待兵士的语气：

“雪儿小雨，爸爸给你们说一下安排，你们在中国一共有4周时间。第一周是看望老人亲戚朋友。第二周开始，小雨，你要去爸爸当年学习和工作过的复旦大学上为期两周的暑期夏令营。雪儿，你也是，你们一个是少年班，一个是提高班，吃住都在夏令营里。最后一周，爸爸带你们去北京和西安玩玩。”

小雨一阵欢呼，但是雪儿，却好像没有太多表达。

马里紧盯着她的脸：“雪儿，我允许你和云哲在第一周见见面，毕竟你们一起学琴多年，见面也好聊聊你接下来的国际青少年钢琴比赛的事情。但是，我不希望你们有更多的见面机会，那是没意义的。对了，你们见面时，爸爸会陪着你。”

“爸——”不开心的表情明显出现在雪儿的脸上。

才24小时不到，卢卡就感到了分离和相思的痛苦。

不管怎样，以前还是邻居，距离感不大，想她了，可以脸书上问候一下，或者找个借口去摁个门铃说借本书借张唱片啥的，而且都是同条街的，就算没啥心机，路上见面的几率也是很高的。可是眼下，突然，两人的距离就变成了一万公里，这是多么让人不能接受的事情啊。

这种相思，是小老鼠在啃噬心脏，是棉花包住鼻子，是眼睛不停被柠檬汁喷射……人体的各个部位都不舒服，尤其是心，痛，就是痛！

茶饭不思，神情沮丧，心绪凌乱，种种疲惫，感觉木头人一具……直到一个想法突然跃进了卢卡的脑袋：为什么不飞往中国上海，去那女孩子的家乡找她呢？

有了这个想法，卢卡终于活过来了。

30

马里租了个奥迪。在大上海没个车子实在不方便。

今天一家人玩得很开心，外滩、陆家嘴滨江、豫园，虽然都是常规景点，但是一家五口都在啊，吃大餐是开心，吃夜市小吃也是开心；登顶金茂大厦鸟瞰大上海是幸福，随意逛逛马路买买东西也是幸福。

晚上，马里带着大包小包给父母的礼物，送父母回他们的家。

雪儿前一天的预测一点不错，若不是马里极力相劝，俩老人连一晚五星级酒店都不会住，更不要说连住一周：老人觉得太贵了。

好说歹说，一家五口，三代同堂，一起住一晚，再一道吃个五星级酒店里的丰盛早餐，然后一整天都去玩，最后送老人回家住，俩孩子在酒店，马里去自己的小居室住。虽说三地分开，但说好白天在一起团聚。

“爸妈，你们这老房子实在太挤了，60平米的两室一厅，没有一个房间是舒坦的，何况你们还堆积了这么多杂物，叫你们扔掉你们又舍不得。上海的房价那么贵，一个房间的面积算起来就50万不止了，你们那些杂物能值50万吗？你们把房间弄清爽一些的话，你们的孙子不也愿意同你们一起住了吗？”

马里对父母一阵连珠炮，说是责怪，其实是心疼。

确实，小雨习惯了一人有独立房间，不能忍受与姐姐同住小房间。而雪儿虽然在爷爷奶奶家时间长，也愿意与爷爷奶奶窝在一起，哪怕客厅里睡个沙发也成，但是总不能让小雨一人住酒店呀。想来想去，还是俩孩子住酒店算了。其实，自己父母也住酒店，一周也不过多花万把块钱，但老人就是不愿意。

“马里啊，我们是一辈子节俭惯了，你也是苦日子过来的人，妈妈不想你这样乱花钱。你今天给我们买这么多东西，其实很多都是不必要的呢。”在奥迪车里，马里妈妈在轻声嘀咕。

“享受天伦之乐，怎么是乱花钱呢？”

“儿子，当初若不是你没有钱，你怎么会那么苦？你的两任老婆都离开了你，还不是因为你没钱……现在你有钱了，就更要珍惜啊……”

见老妈搬出了旧事，马里沉默了。

老爸赶紧给老妈递眼色。

马里了解。他调整情绪，笑着说：“爸妈，要不我去给你们买套新的房子？更大一些，这套旧的就出租好了，这么好地段，出租很容易的……”

“别别别，千万别，你要买房，就给孩子们买吧，我们肯定不要了，现在的房价已经是顶峰了，别再在我们身上浪费钱了，你的钱，挣得也不容易……”

“妈，我现在挣钱啊，比任何时候都容易，我是向外国人拿佣金的，中国人在国外买东西越多，我拿的也越多，你想想，我没干活，就坐在家里，只要中国人去购物，我的口袋就进账，这算不算最容易的挣钱啊？”

马里努力把自己的事业说得很轻松。

“马里啊 ，你现在容易，但你想想你以前多辛苦，当初你为了凑钱给雪儿买钢琴，吃都吃不饱……”马里妈妈又提起了过去。

马里爸爸赶紧用脚踩马里妈妈。

送完父母回家，马里一人返回独居的小单间。

马里在小单间的阳台上，抽烟，远望星空。

这是一个曾经留下很多记忆的地方，当年作为复旦大学的年轻教师，那一墙壁的书柜是青葱岁月以及校园爱情的见证。就是在这里，他与简雪结婚，享受幸福的两人世界。那是一段美好的时光，爱情甜蜜，生活滋润。但本科毕业，留校当辅导员同时又在职读研究生的马里在名牌大学遇到了瓶颈——那是一个学历被重视、海外留学经历被崇拜的时代，于是他们商量一道出国。

可他们过高估计了自己的能力，或者说过低估计了自费留学的困难。到了德国三个月就发现，现实与期待的落差实在太大。

不说了，再多的回忆都没意义。

马里觉得自己这辈子最大的遗憾，一是没有守住一个完整的家，二是没有坚持读完博士。这两者都是因为——太穷了。

这穷，让自己的老母亲有了后遗症，每一次花钱，老母亲都会想到10多年前自己的儿子在海外那么辛苦地打拼和奋斗，每次都舍不得花钱。

有时候，马里会困惑地反思：当初真有必要出国吗？

若说自己的出国之路总算有了奋斗的结果，可是，自己的两任妻子，是否需要那么折腾地远离自己的家乡？

简雪在与他离婚后，与追求她的男人结婚。但是好景不长，几年后那男人因为期货生意失败，自杀了。简雪去了日本。

在简雪之后，马里与一名留学生小莱一起生活过，那时马里的日子照样辛苦，虽然他放弃了博士的学业而转行当了导游，可导游市场不稳定不成熟，没法给小莱更多的安全感。小莱在生下小雨三年后，与一个美国学生好上了。那美国学生据说是个企业家的孩子，他们双双去了美国——一个很狗血的故事，很长时间在导游圈里流传，以致让马里在那段时间里感到非常自卑。

可能小莱还年轻，更看重身份、背景、财富，所以少了人情、情义、骨肉分离的心痛感。

马里经常想起简雪，却很少想起小莱。

今天，马里送父母回家后，母亲又问起他的大事：“马里，你有看得上的女人吗？要不要妈妈帮你找找看？”

马里赶紧摇头。

他与女人的缘分太浅。他不想有妻子，现在的他功成名就，暗送秋波的女子不是没有，但他已经不想再续女人缘——最多找个同居女友。

老母亲唉声叹气："这是什么样的生活啊？这儿子，过的日子究竟是幸福还是不幸啊？"

也许，这些都是远离故土所要付出的代价吧。

一根烟抽完，马里又点燃一根。

美丽的校园生活，现在已经模糊，曾经的爱情追逐，现在已经遥远，财富已经足够，但是感情在心中的戏份，却不知为何变得越来越淡。

回顾历史，总结经验，以便教育下一代。马里确定：这辈子最重要的事情，必须走正确的路，那就是——男人要找个好女人，女人要找个好男人。

他必须要把这个经验传递给雪儿，传递给小雨：

可以穷一点；

可以难看一点；

可以个头矮一点；

可以木讷一点；

可以有任何其他的缺陷。

但是，雪儿找男人，那男人必须能承担，有情义，充满热情。

小雨找女人，那女人必须心怀善意，重情重义。

他，这个在感情方面是那么失败的父亲，将用血泪教训为他们严格把关！

31

卢卡向弟弟借钱，因为机票费用超出了他的所有积蓄。

“汉斯，你知道什么叫投资吗？”

“投资是什么？”

“打个比方，你有100块钱，你放在身边，一年之后还是100块。但是，你若投资给我，我设法明年还你200块。”

“为什么？”

“因为……你知道，我不是在做一个机器人的设计项目吗，我需要钱买各种设备，等我做好了机器人，参加比赛，拿到奖金了，我就可以加倍地还你借我的钱，这就叫做投资。”

“万一你没获奖呢？”

“哇，汉斯，你这么不相信你哥哥的技术啊？”

“我只是担心我借你的钱拿不回来。”

“可是，你哥哥我还有其他生财的办法呢……”

“哥，你是不是看上了我的600欧元？你要借走？”

卢卡搔搔脑袋，点点头。

“没门，我留着这钱要去看拜仁慕尼黑的球赛，我到现在都还没去现场看过一场球赛呢，我要去看我最爱的诺伊尔！”

碰到一个铁杆球迷，看来这钱真不好借呢。

卢卡搓搓脸庞，又说：“汉斯，你知道吗，你哥……我……喜欢上一个女孩子了。”

汉斯看了他一眼，不关心状：“我知道啊，但你又没说是谁，我也不认识。”

“她就是你的好朋友小雨的姐姐！”

“哦，是她啊……”汉斯貌似依旧不关心。

“我想飞到中国去看她！”卢卡咬咬牙，说。

这下终于让汉斯跳起来了：“真的，哥？那是很远很远的地方啊！是另外一个世界！”

“是的呀，但我的财产总共才800欧元，一张机票就要1200欧元，我飞不过去呢。”卢卡愁眉苦脸。

“那就等雪儿姐姐回来吧。”

“汉斯……哥等不到他们回来的那一天，那要等整整一个月，我一个月见不到她，我会痛苦死的！”

思念的痛苦真心实意地摆放在脸上。

汉斯不忍心了：“谈个恋爱这么苦啊？比吃药还苦？”

“等你16岁谈恋爱就知道了……等你谈恋爱了，哥肯定全力支持你！”

“嗯，让我想想……”汉斯还是紧捂着钱袋。把刚放进去的钱全部掏出来，不是件愉快的事。但是他又希望哥哥做成他想做的事。

“你……你只能向我借钱吗？为什么不向老爸借？”

卢卡赶紧环顾左右，确定无人，才说：“我飞中国是要瞒着老爸的，他才不会同意我去那么遥远的地方，我骗他说要和班里同学去法国两周……汉斯，不许你泄露机密啊！”

“哇，卢卡你做得比间谍还神秘呢！”一听哥哥这样向自己坦白他的伟大计划，汉斯终于来劲了。

“那你会借我路费吗？”卢卡可怜巴巴地看着弟弟。

“我借你！”

卢卡抓住汉斯的脑袋，在他脸上狠狠亲了两下：“我一定会让你看成拜仁队的现场比赛的！哥哥无论如何都不会忘记你的帮忙！”

马里的手机响了，是《上海生活周刊》的温晓钰。

温晓钰告诉他，他的访谈在最新的一期杂志出来了，并抱歉说因为前段时间特稿很多，马里的访谈比预期的晚了两周。她想要个地址，好快递到德国。

“我在上海。”马里简洁地说。

“真的？那我要请你吃饭，然后当面把杂志交给你！”对方传来惊喜的声音。

马里有点心动。这个声音，听着都跟简雪的很像呢。

马里淡淡地笑着说：“我是上海人，是地主；我还是男人，自我要求当绅士；所以，怎么能在上海这个地方，让一个女生来请一个男人呢。”

电话那边一时没话说了。

当晚，在一家日式料理店，马里和温晓钰首次见面。

跟照片里所见一样，是个漂亮的年轻姑娘，眉目确实与简雪有点像，就是更接上海这个大都市的地气一些。简雪，记忆中的简雪，应该更文艺味一些吧。在他的不多的回忆中，都是简雪与他一起在复旦的校园里看书散步的场景。

温晓钰爽朗地向马里伸出手：“马总，很高兴见到你，视频中的您够帅，真实的您更帅！”

马里从恍惚中回过神来，歉意地说：“我知道，若我说您长得有点像我一位老同学，肯定会被认为是最蹩脚的套近乎……”

温晓钰一扬眉：“真的？是像您的老同学啊？那您那老同学肯定很美吧？”

马里笑了。这不是在赞美自己吗？

温晓钰双手递过从包中取出的杂志，马里接过。是一本很精美的杂志，温晓钰帮他翻到有访谈的那一页，页面的设计很有创意。

“您满意吗？”

马里点头：“很满意。”

“喜欢就好，喜欢的话，就多买一些杂志送朋友哦！”温晓钰眨着眼睛说。

马里笑了：“若你们编辑有销售定额的话，请告诉我，我一定让你完成任务。”

马里知道，现在的文化界已经不纯粹了，何况杂志不过是沾着文化的边，但封面和封底都有着市场的烙印。这是商业社会进展到这样程度必须付出的代价。多年来，他一直在商业市场里游弋，这种最浅显的规则，很明白。

温晓钰赶紧摆着双手：“别别别，马总您误解了，我当初选择决定要做您这个访谈，可没有任何商业目的。我只是想，马总的朋友圈子可能在海外的多一些，您若买些杂志给您的朋友，相当于把我们的杂志也拓展到了海外。”

马里本没把文化与商业的结合当做什么不道德的事，可眼下见对面的女生如此着急辩解，倒是觉得有点可爱了。

对面女生却依旧把刚从德国回来的马里当菜鸟，继续详细地解释：“您长期在国外，可能不是很了解我们媒体这一行，确实，现在的平面媒体都有生存压力，所以必须要走市场的路子。你看着杂志的封底，是卖钱的，都是各种奢侈品的广告，这杂志的封面，虽说每期都是一张名人脸，可是偶尔也会有用钱砸进来的……但是马总，我们杂志在深度新闻报道，在关于慈善啦教育啦等题材的报道上是非常严肃的，根本不会考虑商业回报。”

马里点着头。这女生，对她的职业，很是看重呢。

侍者过来询问和服务，马里要了一扎新鲜的橙汁，然后翻看着精美的菜单，让温晓钰自己点爱吃的料理。350元一位的点单式自助餐，很丰盛。

马里细心地把杂志放进包里，又把包细心地斜挂在座位靠背上。

温晓钰看着他的动作，吃吃笑着说：“您刚才说我像您的一位老熟人，我看您，才像一位明星演员呢。”

“是吗？像谁？”

“不告诉你。”

温晓钰卖关子。这种方式，有点进入老熟人的味道了。马里笑。

“你，在上海安家落户了？”马里问她。

“没……我还是个剩女呢。”温晓钰大大咧咧地说。

新鲜的刺身已经上来，这是马里另点的。

“很喜欢你的工作吗？”

“是啊，就是要经常加班。跟你吃晚饭后，我又得赶紧去办公室，做下面的一期杂志。”

“有三倍的加班费吗？”

“我们这工作没的，干活到凌晨一点很正常……不过，好处是，我们可以十点才上班。另外，下午的时间，还能出去逛逛街。”

“那怪不得没有时间谈恋爱了。”

“是呀，媒体里单着的大龄女生很多呢……对啦，马总您的圈子里有大龄男生的话，我们可以搞个派对呢，这样互相帮助脱单，多好！”

马里点头：“可以考虑。”

温晓钰开心地与马里一碰杯：“说到做到哦……哎，今天因为要开车不能喝酒，不然我一定敬您三大杯！”

“看来你还是个女中豪杰啊。”

“那是！别忘了我是东北来的妞，我们社里我喝酒是最豪爽的！”这个姑娘，确实是够豪爽。

吃了十来盘料理，俩人酒足饭饱。马里结账。

侍者拿来账单，将近2000。温晓钰一惊：“不是350一人吗？”

马里边付钱边说：“我点了不少自助餐外的刺身，还有酒水饮料。”

温晓钰一吐舌头：“这样我以后不是不敢请你吃饭了吗？吃几次饭就把我一个月工资吃没了！”

32

在雪儿降落浦东机场的一周之后，德国少年卢卡也空降在同样的地方。

“哇，上海好热，比西班牙还热！”一走出机场，热浪就席卷了卢卡，从头至脚——可现在才是早上呢。

在来中国之前，卢卡就恶补了关于中国的很多实用知识，不过，真正的实践，从眼下开始。

坐了机场的大巴车到市区。在司机带着上海口音的普通话中，卢卡随着很多的乘客下了一个地方。

上海实在是太大了，相比起来法兰克福简直是个小镇！尽管卢卡随着大巴的七弯八拐已经被搞晕了头，不过，这儿是雪儿的家乡，这个城市的某个地方住着他心爱的雪儿，一想到这，卢卡就觉得上海超级亲切。

卢卡的随身行李极少，就是一个双肩包里带了两套换洗衣服和两本书，所以，可以暴行大上海。

先跟着感觉随意走走。

他好像听到了不远处有一种奇妙的音乐，很是热情奔放，这音乐吸引了他，于是循声前往。随着音乐越来越大，看到了令他震惊的一幕：

上百号人穿着统一的服装在广场上跳舞！

跳大舞的人都是中老年大妈！

原来这就是大名鼎鼎的广场舞啊——卢卡看过法兰克福的报纸，报纸上还有照片，对于德国人来说那是非常有异国风情的事情，眼下，卢卡就在一大群大妈面前，看着大妈们青春昂扬地扭动肢体跳着并不简单的“中国街舞”。

卢卡喜欢街舞，法兰克福有个青少年街舞协会，他在里面还练了三年呢，和几个伙伴在法兰克福的蔡尔大街上表演过几次。不过眼前的街舞，确实是另一番景象：有年龄，有气势，有特色。

就是啊，德国哪个大妈会这样青春澎湃啊？她们都是在家喝茶喝咖啡！

随着音乐达到一个高潮，百来号大妈把二十来个动作连贯起来一气呵成——显然她们是常年排练的——之后，音乐声止，大妈们停下步子，原地休息。

有一位看起来是领袖的大妈拍着手掌说：“今天的活动到此结束，明天我们继续我们飞扬的青春！”然后，广场上的大妈们解散，各自找到旁边的东西，撤了。

简直就是场“快闪”艺术啊！

卢卡看了个广场舞的尾巴，就被搞得心神荡漾，明天应该还有的吧，到时候一定好好观摩！

随着一阵清风，一股很让人有食欲的香味飘过来。卢卡抽动鼻子：这味道来自哪里？

一个360度的追寻，看到了，在一条街的角落，有个小店铺，店主把一些食物摆放在靠街的门口，店铺里面有十来个小桌子，座无虚席。

卢卡充满兴趣地前往小店，在门口，他看到头戴花布的大妈正用一双巨大的筷子在一口油锅里拨弄一块小面团之类的东西，眼看油锅里的面团越来越大越来越膨胀，然后就被迅捷地捞出，立在旁边的一个容器上让油沥出来，再然后，很快被人买走，夹在两个饼之间，用个小塑料袋一套，买的人就边走边吃了。

哇，这简直是像魔术师一样啊！

卢卡顿时觉得他的肚子需要这样的东西来填充：好闻，好看，肯定也好吃啊。

但是里面已经没有座位了。不过靠街的门口还有个小桌子，有两张小板凳，卢卡指着空位子想问是否可以坐，一个手里都是面粉的老头拍拍他肩膀，示意他只管坐。

卢卡才坐下，立马有一人——骑着电动自行车，车后座有个巨大口袋、同时身上也背着大口袋的年轻人——一屁股坐在了他对面的位子。

“大伯，一碗豆浆，一根油条，两个肉包！”

一分钟后，食物端上小桌子。

卢卡正不知该吃什么，一见有样品上来，且颜值不错，就用半生不熟的中文说：“我想同他一样吃。”

“兄弟，中文该这么说：我的同他一样！”对面的小哥纠正他的中文秀。

“兄弟……兄弟是什么？”

“兄弟就是哥们，你们老外，必须要学会这个词才能跑大上海！”对面小哥一转眼吃掉了两个肉包。

“兄弟，哥们……”卢卡重复着发音。

“对啦！”

“兄弟，你好！”

“你好哥们！哪里人啊？”

“德国人，我今天刚到上海。”卢卡说。

卢卡的豆浆油条和肉包也上来了。

“老板，再给我一碗豆浆两个肉包，怎么感觉一点没吃饱呢。”对面小哥对着老板嚷嚷，然后看着卢卡说：“大学生来旅游的？”

卢卡说是。因为他的中文来不及跟上，说“是”最简单。

“上海怎么样？”

“很好的，很大的。”

“我叫小钟，是个快递哥，上海很熟悉。你要玩上海，可以找我哦。”说着，快递小哥递给卢卡一张名片。

“快递哥，快递哥是什么？”

小钟把身上的大口袋解开，给卢卡看里面的东西，卢卡一看明白了，是Express。

“你每天要送这么多？”他好奇。

“这只是我早餐前后要送的。一天要送的，估计有10倍这样的包裹吧。”小钟伸出两个巴掌，示意10倍。

怕卢卡没听懂，小钟又拿出手机，调出里面的照片，是他们快递点早上货到的景象，一堆包裹像小山一样堆在院子里。

卢卡看得目瞪口呆：“都是你们要送的？”

“没办法，中国娘们爱败家。”

“爱败家？”

“就是爱花钱买东西！这些女人，整天坐电脑前，用鼠标啪啪啪买东西，然后我们这些快递哥送货，然后她们收到后就很开心，然后就臭美……”

卢卡看着小钟的比划，懂了。

“我要去送货了，你要玩上海，打电话找我！”小钟站起身，冲卢卡做了一个打手机的动作，走了。

卢卡小心收起名片。这是他在中国认识的第一个人。中国的年轻人真友好，真热情。

33

马里坐在咖啡馆里，喝着咖啡的同时监视着三米开外的女儿和女儿的男性同学云哲。

那个男孩子，有着豆芽一般的身材，皮肤白皙，十指修长，说话声音柔弱，眼神时时放些电，在马里眼里，这样的男生根本不像男生，怎么看怎么有股“娘味”。

他能一口气跑上个3000米吗？估计只会娇喘不已。他会扛一箱矿泉水上5楼吗？估计就只会喊“10块钱帮我扛水上楼”。他会踩着三个椅子叠起的梯子去给吸顶灯换灯泡吗？估计只会“等保姆来做吧我怕触电”。他会洗碗吗？估计他说“我的手是很值钱的不能碰水的。”他会保护女生吗？估计是女生保护他。

可是就是这样娘炮的一个男生，自己女儿却是一而再再而三地声称是她的“初恋”。说什么初恋容不得亵渎，说什么若初恋死了她的一半生命也没了，说什么云哲是她的精神伴侣，说什么……一大堆女孩子不着边际不着调的话。不知是不是韩剧看多了，不知中国的文化宣传怎么搞的，鼓吹的男明星都是些豆芽小白脸！还说有种阴性美！是文艺范！放屁！都是十多岁最美好年华的时候，按理都应该热气腾腾精力十足地生活呀，应该有6块腹肌还有胳膊像大木棍一样结实吧。像他18岁进复旦，那是什么样的日子？每天长跑5公里，冷水洗澡，参加复旦剧社活动，参加朗诵会，骑车出去逛半个上海……那时的他穿得不好吃的也一般，但是他心头始终有轮红太阳每天都精神焕发！但眼下的男孩呢，瞧瞧，微蹙着眉，半侧着头，小露兰花指，眼神迷离，嘴唇略颤，喝杯咖啡也要尽显文艺范儿……

马里摇着头，越看越堵心。

但是，雪儿喜欢云哲。喜欢就是喜欢，本来可以没理由，何况，云哲身上有那么多值得人喜欢的理由——

很多女孩子都喜欢他，因为他会弹很优美的钢琴，他真的是钢琴天才，只要他坐到琴前，对着女孩子说一句“这曲子是我专为你弹的”，所有的女生都会在琴声中陶醉。雪儿很幸运，在那么多喜欢云哲的女孩子里，云哲偏偏是最喜欢她的！

云哲身上有种非常干净清爽的味道，因为他不踢足球，不干体力活，不会靠近一切出臭汗的事情，所以，他的所有鞋子，他的每根头发，都是干干净净的！

他还非常会打扮，他的每套搭配都那么赏心悦目；他可能天生是个演员明星的料，他的每次出现都引人注目；他还是个多情的男生，他的眼神那么温柔，他的手指那么柔软，他的气息那么甜蜜……

有这些可爱的种种，她就愿意与云哲在一起，哪怕是全世界都反对，他们也要相依为命！

因为老爸在旁监视，甜言蜜语不方便说出来，便设法用眼神来交流，再用些鸡毛蒜皮的琴事来掩盖——这是很刺激的谈恋爱方法呢。

“你现在弹琴多吗？”

（眼神说着：我想你。）

“多的，三小时最起码。”

（眼神说着：我也很想你。）

“你明年要考音乐学院吗？”

（眼神说着：我非常非常想你。）

“是的，你呢？”

（眼神说着：我也是。）

“我再说吧，我弹琴主要是爱好，不像你，是真正有才华。”

（眼神说着：真想你亲我。）

“我除了弹琴，什么都不会，但是你除了弹琴，还样样都会，连数学都那么好。”

（眼神说着：亲你亲你亲你！）

雪儿笑了，她读懂了。

她瞟了一眼一旁的父亲，似乎在示威。哼，老土的监视办法，到时候我再来个摩斯码，你能监视住吗？！

手机彩铃响。是马里的。

马里接一个电话，老同学，约饭局，咖啡馆里信号不好，马里走出门。

雪儿赶紧与云哲凑近："我爸把我的手机给收走了，快给我你的手机，好让我这几天联系你。"

云哲回过神来，迅速把自己的手机给雪儿。

"我会再去买张卡买个手机，你回夏令营后，我就给你打电话！"紧张地说完，云哲还拿起雪儿的手匆匆亲了一下。

待到马里接完电话回来，看到雪儿和云哲依旧规规矩矩坐在那里聊钢琴，他的表情很满意。

卢卡买了张地图，他要寻找到复旦大学的地址。

从弟弟汉斯那里得知，小雨和姐姐雪儿都在复旦大学——这个名牌学府的夏令营里上课。至于这个专为海外华裔学生办的夏令营究竟在大学里的哪个大楼，汉斯也不知道，这就要看卢卡的能耐了。

卢卡继续暴走。他发现，上海街旁的小店特别多，而且很多店里的东西都非常有特色，在法兰克福他就看不到。

比如有家店，里面展示的都是非常漂亮的衣服，颜色好看款式也漂亮，若不是自己不想随身带太多东西背着不方便，他真的想买。他决定向店员问问清楚，若可以，最后一天离开上海时说不定可以带一套回家。

"这衣服很好看啊。"他与店员打招呼。

"这是寿衣。"

卢卡不懂什么是寿衣，但是还是耐心地问："寿衣是在什么聚会中穿的？"

因为不同的聚会要穿不同衣服，有的是礼服，有的是正装，有的是正常的漂亮衣服。

"哥们，寿衣是在人去世时穿的。"

"哦，是在葬礼上穿的。"

"不是你穿，是死去的那人穿了进棺材的！"店员着急了，转身顺便给他画了一张图，棺材里一人穿着寿衣闭着眼睛。

卢卡吓一跳。

幸好刚才没买。

但出门时他还在想：为什么这么漂亮的衣服要到死了的时候再穿啊？

又经过一家小店——文身店。

在法兰克福文身可贵啦，动不动上百欧元，但是这里，明码标价50元人民币。

卢卡饶有兴趣地蹲在地上，看着照片上的每个图案。

"兄弟，文一个？"

卢卡明白了，这大上海，确实满街都是兄弟。

"好的，哥们，文一个。"

"你挑哪一个？"

"我想挑个中文字的，你帮我挑？"

"好，我帮你挑，这个仁字怎样。"文身店的哥们指着照片上的字。

"是好的意思吗？"

“当然是好的意思，而且特别适合男人——是那种有情有义的男人。”

“好，你帮我文。”

半小时后，文好了。

“收费200块，哥们。”

卢卡一愣：不是50块吗？

“50块一个字，你这里是4个字。”

卢卡看着胳膊，果然是四个字。

“是什么意思？”

“也是好的意思，比刚才一个字更好的意思。”

“那好吧。”卢卡于是爽快付钱。

他走出小店门口。文身师傅回头冲另外一人恶作剧地笑：“这老外，不懂中文还乱文中文！”

卢卡的中文确实连半壶都没有，他不知他胳膊上的文身是这四个字：清炒虾仁。

34

马里与老同学在会所包厢聚会。

马里经常回国，老同学的聚会自然是免不了的，一番吃喝本也没太大的新意。

但是有一老同学在前不久升了厅级，另一老同学的公司上市，所以趁着马里回国之际再聚一次。

在座的大家多少都事业有成，功成名就——这是一个圈子。大家举杯相庆，在这样一个好时代，在这样一个好地方，在这样一个好际遇里，这圈子里的中年人们，成就了自己，也鼓励了他人。

互联网的发达，让马里做慈善的消息也很快传到中国。新任厅长举杯为马里庆贺，说："我们不过是在国内实现一些小小的梦想，但是马里已经在国际舞台上实现最高尚真诚的梦想，这种幸福和成就感不是官员的头衔和财富的几位数能衡量的，马里才是我们的骄傲，让我们为马里干杯！"

官员就是会说最得体的话。这一番话，让刚才都在庆贺新任厅长的人立即很默契地全体庆贺马里——

"就是啊，我们的竞争也就是在国内，但是马里是与外国人竞争，这才是真正的有实力！"

"马里，也就是你，还存留着我们最初的梦想，还是你，境界更高！"

"马里为我们长脸！"

马里感谢老同学们的祝贺，也感谢这种捧场。碰杯，喝酒，在老同学聚会的欢乐气氛中，隐隐还是透出中国圈子讲究核心的中国式气息，突然他在心里想到，若自己竞选上了外国参事，是不是更会有些成就感？

……

酒过三巡，当年的同桌铁哥们老徐，现在的报社主编，悄悄地问马里："你和简雪有联系吗？"

马里一愣："你见过她？"

老徐说："上半年去日本出差，偶然听人说了，然后辗转拿到了电话。”

马里的心脏跳动厉害，但装作不在意地问：“她好吗？”

“还不错，嫁给了一个日本人，那日本人开一家温泉酒店，收入不错，对她也好。”

“你们见了面吗？”

“没见面，但打了电话。”

“那日本人，是……老头吗？”

“不算老头，比我们的年龄大不了多少……老头的两个孩子也成年了，所以，他们单独住。三口之家，没有前妻孩子的麻烦。”

“她又生孩子了？”

“是的，孩子8岁。”

马里沉默。过了会儿，他又问：“她，还舒心吗？”

“真实情况不知道，但是，电话里听起来还不错。”

马里又是沉默。

“要不要把她的电话号码给你？”老徐问。

“她若不想联系我，那我也就不联系她了，省得她尴尬。”

老徐叹口气。

“她说她很抱歉当时的选择，但是人生没法后悔，她最对不起的人是雪儿，没有给孩子母爱，她说希望雪儿不要重复她的坎坷人生，希望你能帮雪儿的未来多把握一些。”

马里无声地叹口气。

是的，女孩子，女孩子最重要的，就是选择的时候，一定要选择最正确的男人啊。

马里觉得，他已经为女儿做了最大程度的把控和守护。但他不知，此时的雪儿，正与他所严防死守的男孩子云哲，在大学校园里卿卿我我。

上海的夜，终于消淡了些白天的暑气。雪儿与云哲，各自一手一个冰淇淋，另一只手拉着在校园里散步。

“你说，我们像不像监狱里准备要越狱的犯人？”云哲突然笑着说。

“为什么？”

“监狱里的犯人，要行动之前，都会先设法得到一部手机。你得到了。”

“也是哦，我爸看起来那么精明，其实也挺傻的。他有次工作的时候丢了一部手机，结果什么事情都做不成，所以他以为我也一样，没手机就没有做坏事的可能了……”

“我们这是做坏事吗？”

“你不是说我们都快要越狱了吗？”雪儿咯咯地笑着说。

云哲捏了一把她的脸，真是像对小情侣的模样。

“对了，你们的夏令营管理严不严？可不可以请假出去玩？”

“说是不可以，但是有的还是能请假，尤其像我这样，家里亲人都在上海，就说要与亲人团聚吃饭，老师都会同意的。只要晚上回来睡觉就可以，因为晚上的查夜还是挺严的。”

“那我们明天就出去玩！”云哲兴奋了。

“去哪里玩呢？”

“随你啊，但是，我们现在有个新玩法，可以去水疗城、健身馆或者大酒店里玩，因为里面是全封闭的，可以玩很多有趣的玩意儿，甚至像大人那样的玩！”

“什么是大人的玩啊？”

“比如，你试过按摩吗？全身按摩？”

“你试过？”

云哲摇头：“没有，但我的一个同学试过，说很舒服的。”

“你想试吗？”

“我一个人不敢，要么与我妈妈一起试，要么和你一起试。”

雪儿低头轻轻一笑。

云哲又说：“我那同学说了，按摩时要脱掉衣服，穿特别的衣服，我想……想看你穿特别衣服的样子。”说完，云哲的脸红了。

雪儿拍打了一下他的手臂。

“这些天我们先去其他地方玩，去逛街，去买好吃的，去看电影，去玩游戏……”雪儿列举了一大串她想与云哲在一起的节目单。

“好的，我的宝贝！”

云哲像电影里那样，不怕肉麻，开始直面称呼宝贝。

卢卡已经在大学校园边的连锁客栈里住下。大概两星的样子，单人间人民币200元不到，折欧元20，还有免费网络，便宜。

今天的经历尽在大街上了，只能明天找雪儿。

晚上，他发现，上海的晚上，才是真正的生活开始!

德国的大学，一到晚上什么人气都没有，可是看看中国的大学，简直就是一个充满生活气息的大村庄。外面的那长长的小吃一条街，还有网吧、客栈、服装小店、洗剪吹理发店……而且都那么便宜。住在中国，真happy!

卢卡想起了小钟，掏出手机给小钟打电话，小钟一见是今天刚认识的新伙伴找他玩，说他很快过来。

在小饭店里，小钟教会卢卡点几个常吃的家常菜：辣子鸡丁、干锅肥肠、铁板鱿鱼、干锅包菜、上汤苋菜、灌汤小笼包，等等。若是啤酒，可以点青岛，或者西湖，或者百威，或者喜力。卢卡立即说：“我要青岛！”

卢卡的中学历史课告诉他，青岛与德国很有关系。所以青岛很亲切。

不到十分钟，服务员端出4盘菜一锅饭，盘子大，菜码得也结实，立马就把一个小圆桌给铺满了。卢卡看呆了。

“兄弟，今天我请你吃饭。”小钟把两个酒杯满上。

“别别别，我请你！”

“你是客人我是主人，哪有客人请主人吃饭的？再说中国吃饭也不贵，我们都经常这样吃呢。别说了，先碰杯！”

卢卡与小钟碰杯，然后狠狠喝了一口中国啤酒，不错的味道。

“我知道你们德国人实在，怎么样，感觉中国好玩吗？”

卢卡一边吃着肥肠，一边点头：“在中国，好吃的东西太多了。”

这肥肠他第一次吃，先还不敢尝试，见小钟一口一个，他也夹了一个品尝，没想到味道如此合口！

小钟注意到了卢卡手臂上的文身：“今天文的？”

卢卡点点头。

“你让他们文的这四个字？”

“不是，他们给我文的，说是很好的意思。”

“下次带我去那家文身店吧。”

“难道不是好的意思吗？”卢卡困惑。

“他们不过是与你开个玩笑。”小钟笑着说。

“那是什么意思？”

“一盘菜的意思。就像这盘菜。”他指指快吃完的干锅肥肠。

卢卡一听，尴尬地摸了摸那文身，然后忍不住大笑起来。两个人都在那里哈哈大笑，笑得好畅快。

“你来上海，就是旅游吗？”

“我来找我女朋友，我很喜欢她，就想与她见面。”

“哇，好浪漫。她是上海人？”

“是的，她是我的邻居。住在德国法兰克福的上海姑娘。”

“找到了吗？”

“还没有，明天继续找。”

“祝你们见面甜蜜啊！”小钟又与卢卡碰杯。

“你喜欢上海吗？”卢卡问小钟。

“喜欢啊，上海是多么漂亮的一个地方啊。”

卢卡点头。

“我不是上海人，但我想在上海生活下去。他们都说上海很贵，但我努力工作，就不怕了。”小钟说。

服务员过来给小钟结账，四个菜两瓶啤酒刚好100元。

小钟抢着付掉了。卢卡赶紧说谢谢。

“这不过是我半天的工作报酬，我喜欢朋友，与朋友一起吃饭喝酒是我一天里最开心的！”

“我也是！但明天我来请你吃饭，你带我去点其他好吃的，好不？”

“哥们，有我在，保证你吃到全上海所有又好吃又便宜的东西！”

35

米勒感觉自己被儿子忽悠了。

儿子说要和班里几个同学一道去法国旅行，去收集法国古堡的信息，说是班里集体做的一个项目，回头写论文。儿子卢卡把一切细节说得井井有条，同学有谁谁谁，路线是怎样，住宿地在哪些城市，米勒听了就相信了，还按照卢卡的预算给了他800欧元作为暑期科研考察费用。

但今天，他在雍德乐商场巡视时遇到了儿子的同学。

米勒上前询问，他怎么没去法国。

儿子的同学一头雾水，说他根本就没去法国，他的暑假项目是在德国跑歌德路线，写歌德在魏玛时代的作品分析研究。

然后米勒问起法国古堡项目。

同学更是茫然，说班里没有一个团队是做法国古堡项目的。

这下，米勒顿时头大！

“知道你哥哥去哪里了吗？”

米勒回家，问小儿子汉斯。

“不是说去法国吗？”

“不，他根本没去法国！”

汉斯瞪大眼睛，装无辜。

“你真不知道吗？”

“不知道！”小汉斯把头摇得像拨浪鼓一样。

尽管米勒看着小儿子的夸张表情而不大相信他的话，但是他又没有证据证明小儿子和他哥哥沆瀣一气，蛇鼠一窝。

米勒不是没办法，他去警察局报了个案，这一报案当即让他吃了一惊：警察局信息显示，儿子刚申请了一张去中国的签证！

米勒又赶紧打电话查找儿子的订票记录，找到了，五天前，儿子就去了上海。

上海？是的，遥远的东方城市，上海！

但米勒的震惊只持续了两秒钟，紧接着是愤怒。17岁的男孩子，该去哪就去哪吧，没啥好担心的了。只是，这种欺瞒的方式，已经超出了米勒要求有效秩序的底线。

“你哥哥去上海了。”

坐在花园里，米勒平静地告诉小儿子。

汉斯刚刚从邻居马里那里浇水回来，头发还湿湿的。

汉斯还想装傻，米勒已经一拍桌子：“汉斯，你还想继续撒谎是不是？对，你信箱设密码，老爸进不去，你老爸也不会偷看你的私人信件。但是，你老爸看得到，你那宝贝一样的600欧元已经不在你的储钱罐里，它们已被你哥借走了！”

汉斯一哆嗦——被击中要害了，可怜的孩子傻在了那里。

米勒看了一眼儿子，暗自得意，“审讯”10来岁的孩子确实不难，于是他慢悠悠地说：“告诉你孩子，你的人生经验太少了，你蒙不过你老爸的，而且记住，做了所有事情都会留下痕迹的，你怎么可能骗得了你老爸？”

“爸爸，对不起，是我骗了你，而且，明明知道骗不了你可我还想骗你……”小汉斯眼睛里立马涌出两行泪。

这孩子，说哭就哭，有当演员的天赋，台词也很能自创。米勒哭笑不得。

“那你坦白说吧，你哥去上海干嘛？”

昨天小钟陪卢卡去外滩。今天俩人在城隍庙小吃街。

卢卡没想到外滩夜景是如此惊艳华美，几乎窒息一般地怔在那里。小钟好奇地问：“法兰克福不也是这样吗？”

“不是，那是另外的一种感觉，但是上海，上海实在太漂亮了，就像奥匈帝国的伊丽莎白皇后一样。”卢卡终于找到了可以比拟的对象。

“那法兰克福是什么样的？”

“法兰克福虽然银行也多，但其实是很古典的。上海会给人很多欲望，而法兰克福会给人安静。”

“那你更喜欢哪里呢？”小钟问。

卢卡想了想，说：“都喜欢。”

“只能说一个！”

卢卡说：“雪儿在哪儿，我就喜欢哪儿。”

哈，城市再美，还是输给了姑娘……小钟哈哈笑着。

美景不可错过，卢卡说一定要请小钟坐个夜游船，就这样，昨天晚上，两个年轻人都是第一次在黄浦江上夜游了大上海。

而今天的城隍庙小吃街是另外的特色。

卢卡一看到豫园老城隍庙庭院秀巧、走廊弯曲、流水迂回的模样，就大喊：“这地方好熟悉！”

想起来了，原来，邻居雪儿家的大花园也是这样的。

看到这样别致的东方园林建筑，忍不住又想起雪儿的模样来了，好多天不见，不知雪儿可好？

“今天有你女朋友消息了吗？”小钟问。

“没有，大学太大了，远超出我的想象，暑期里也没什么人，我本想一个大楼一个大楼问过去，发现根本不可能。问其他人夏令营的事，也没有一人知道。可能我弟弟给我信息不够多，我让他再帮我问。我弟弟与雪儿的弟弟是好朋友。”

“哇，原来你还有耳目安插在对方阵营里呢，那你肯定能搞定的！”小钟给他加油。

卢卡连续几天没找到雪儿，有些沮丧：“我想通过网络找，可是也找不到，嗯，这点，可能中国比不上德国，德国大学里的所有大小活动全部都能在因特网上找到，所有信息都可以搜检出来。”

“那怎么办？”

卢卡充满信心地笑道：“明天继续找呗。反正，她肯定是在这大学里的某一个地方。我一进大学，想到我和她其实很近，心里就感觉很甜蜜，就像已经与她相遇了一样。”

“希望你明天有好运哦。”小钟说着，就带着卢卡来到一个看起来规模颇大的美食摊位前。

卢卡感觉自己的眼睛不够看了。

“我给你介绍一下，这里这些小吃都是中国特色的美食，这叫臭豆腐，闻起来很臭但吃起来可香啦。”

“我知道，他们有个名字叫东方奶酪。我们尝尝？”

在一人两串臭豆腐后，铁板鱿鱼被油煎的滋滋声响又吸引了他们，于是两人来一份铁板鱿鱼。

卢卡看到一种洁白柔软如同酸奶一样的东西从木桶里被舀出来，然后很快被覆盖上一层葱花芝麻和榨菜丝，很多人像吃布丁一样稀里哗啦地吃，不禁馋了，小钟说：“这是豆花，很好吃的，来一碗吧。”

土家锅饼也是让人心醉的宝物，刚出炉的饼子，透着农家乡土的气息，卢卡开心地大叫：“这在德国也有，但是只有很偏远的乡下才能看到，不是饼，是披萨，但真的是碳烤的，一出炉，可香啦！多少钱？才4元一个啊，天啊，我们那里要5欧元才这样差不多大小的一份，哇，生活在中国真幸福啊！”

……

但以上都是前奏，只有当那蒸腾着热气的灌汤小笼包真真切切地出现在卢卡的面前时，卢卡幸福得几乎要感谢上帝了——他在电视和电影上看过多次，那种一层薄薄面皮里包藏着满满一肚子的鲜嫩油汤，那一口咬下一不小心把油汁飞溅出数米远的功夫，那戳根吸管吸着汁水像喝果汁一般的享受……

卢卡沉醉在美食里，那表情犹如各种知觉都在享受着最高潮。

看着卢卡的馋样，小钟善解人意地说：“我不知道这个灌汤包子才是你的最爱啊。那，我们明天再来吃吧！”

几个小笼汤包里的汁水都被吸光后，卢卡搓着双手，准备干掉第二笼小笼包。

突然，卢卡好像看到了什么，他眼睛直了。

小钟发现，卢卡的眼睛一直盯着不远处的一个女孩子身影，女孩很漂亮，手里拿个酸奶瓶子，边走边喝，很美的模样，但是，女孩旁边还有个男生，男生搂着女孩的腰，女孩子很享受被男孩搂抱的幸福。

小钟再看旁边的卢卡，刚才还满脸幸福的卢卡，脸色顿时变了。小钟明白了。

他碰碰卢卡，挥挥拳头，问卢卡要不要他帮助上去揍那个男的？

卢卡慢慢地摇摇头。

卢卡跟着女孩子走了一段路。

但这一路显然是种折磨。前面的男孩女孩不停打情骂俏，甚至嘴对嘴亲着咬着。

直到雪儿和那男生上了一辆出租车。

卢卡傻站在那里。

“喂，兄弟，你没事吧？”

卢卡定了目光，没反应。

“哥们，你别吓我……”小钟惊慌失措。

“兄弟，我想喝酒，陪我喝啤酒，青岛啤酒……”好半天后，卢卡拉着小钟的手说。

36

在近12点的午夜时分，马里的手机提醒他有邮件。

马里正从老爸老妈那里回来，原本只想送房产资料去，结果一呆呆了一整天：都是在给老爸老妈洗脑。他还是计划给父母买个大点的房子，然后把原先那老房子出租掉，可以给老人增加一些生活上的补贴。

中国的老人都是这样，其实退休工资不低，但是因为以往贫困的经历，总是希望过得省点再省点。

上午，马里走进小区弄堂时，老妈正在摆弄一只鸡，餐桌上有甲鱼，有海鲜，有丰盛蔬菜。从厨房飘来的老鸭笋干煲的香味，让马里一下子回想起了以往的上海日子。

马里去开冰箱，想拿瓶冰水喝。但这一开冰箱，就掀开了丰盛团聚餐背后平时简朴生活的本真：冰箱里有一小碟没吃完的腐乳，一碗肉丝炒青豆（估计是前一天剩下的），还有一些不知是何时留下的剩菜，另外还有两个面包，几盒牛奶，一塑料袋水果。

叹了一口气，马里关上冰箱，转身问老爸："你们一个月花在吃饭上的钱是多少？"

老爸说："其实还好啦。"

马里皱眉说："这是低于上海平均水准的。"

老妈从厨房里进来，安慰儿子说："我们不是没钱，就是习惯了……"

马里打断老妈的话："习惯是种很不好的东西，若从习惯中跳不出来，就是闭塞，让自己得不到解放……"

话没说完，看到老妈对自己陪着笑的表情，马里顿觉不忍，咽下话，改换了表情和语气："老妈老爸，对不起，我实在是又着急又生气，你说你们何苦，明明有六七千的退休收入，硬是就花两千，我看到真的心里生气。"

"马里，我知道……你也知道，我们就是一般工薪家庭，四五年前收入很一般，只是你现在的日子好起来了，但是，饮水思源，我们不能忘记以前吃过的苦，所以……"

马里皱下眉头："老妈，我跟你说吧，人生苦短，日子有限，我不要你们在已经老的时候，还要想着省钱。我本来想让你们自己挑个房，买个新房子，现在看来，我还是直接买二手房吧，买新房子又要等个两年，我不想你们等了，你们要从眼下开始，就要懂得享受！"

马里妈妈一听着急："马里，现在房价那么高，买了说不定会跌的！”

“跌就跌呗——我给你们一个命令吧：你们把你们自己的退休金都花在自己身上，吃掉用掉玩掉，我给你们买个大些的房子，你们搬去住，这个旧房子地段好，出租很容易，租金你们就留着，备不时之需。”

老爸搓着手，喃喃地说：“我们真没什么好花钱的地方！”

“那是被你们多年来‘要节省，要节省’的紧箍咒给绑住了，把省钱当乐趣了，可是你看看周围想得开的老人，每天都吃得像我今天回来一起吃饭这样新鲜丰盛，请一个阿姨帮忙做卫生，出去旅游，买买新衣服……老妈老爸，钱是用来给人带来享受的，不是用来节省的。”

老爸点头。后来，老妈也点头。

马里知道，虽然两老点头了，但是洗脑工程不过是第一步。自己前十来年艰苦的海外拼搏，早给父母带来了“人生艰辛”的烙印，去除这个烙印，不是一朝一夕能做到的。

于是，一整天，马里都陪着父母，吃吃饭，喝喝小酒，下下棋，看看电视，聊聊海外的开心事情，俩老人开心不已。

直到老妈又提起：“马里，隔壁张姐说，她家亲戚有个女孩子，不久前刚刚离了婚，没有孩子，正在找对象，你说，要不要认识认识……”

老妈的话没说完，马里就起身：“爸妈，今天不早了，明天我再来看你们。听我的话，把冰箱里的剩菜剩饭都倒掉，别让我再看见啊！”

在老爸不满瞪着老妈的眼神中，马里留下房产公司的资料，走了。

从爸妈的旧房子到自己的单人宿舍，不过五六公里的路，马里想了想，没去开奥迪车，而是决定步行。对于每天长跑10公里的他来说，步行五六公里，小菜一碟。

手机提示就是在马里单独一人走在马路上时响起的。

点击进入邮箱，是法兰克福外国参事竞选委员会的通知，通知告诉马里，被多人推举，来自中国的马里先生作为法兰克福外国参事的竞选候选人正式参加竞选。竞选为期两个多月，10月份将在"公平、公正、公开"的基础上投票选出外国参事。

看完邮件，马里一阵亢奋：一场人生的最重要战役要打响了。

站在天桥上，看着桥下往来如梭的车流，他突然很想与人一起喝几杯。可是，找谁呢？这是国内，不像德国，喝酒的伙伴很多。

他翻看着手机中的联系人，逐一寻找合适的喝酒伙伴。

温晓钰，这姑娘，既能喝酒又能加夜班，此时也许是陪他喝酒的最佳人选？

马里试着给她发短信："还在杂志社加班吗？有个喝酒的机会，出来喝几杯吧？"

很快，温晓钰就给他回复："刚加班结束，正要回家。人太多就不喝了，两三人的话陪马总喝几杯。"

马里一笑："那我来接你。"

温晓钰边喝酒边嘻嘻看着对面坐着的马里，她已经猜了十多个理由，可马里依旧摇头。

刚进酒吧，马里就说："抱歉我这么迟约你出来，实在是因为有件挺高兴的事情，所以想找人喝酒，可这样的时间点，好像也就你们做媒体的可能没睡觉。"

温晓钰说："是啊，我们的生存状态堪忧啊，睡得少吃得多，活儿做不完恋爱谈不了……苦哇！对了，马总能否告诉我是什么开心事，让我与你分享一下？"

马里说："你猜吧。"

温晓钰就逐一地猜：

"孩子考上好中学了？"

"不是。"

"中大奖了？"

"不是。"

"孩子钢琴比赛得奖了？"

"不是。"

"你开新公司了？"

"不是"

"你的基金会上CCTV了？"

"不是。"

"你又收购了一个什么公司？"

"不是。"

……

"只能再猜一次，最后的机会哈，猜中有大奖。"

"知道了，是你要结婚了！"

温晓钰大声嚷嚷，然后拿起酒杯，与他一碰杯，把自己杯里的红酒喝得干干净净。

马里笑笑，也把杯里的酒喝光了。

"终于猜对啦？"

马里摇头，缓缓地揭开谜底："我参加竞选了。"

“哇！”

温晓钰赶紧往马里的杯子里倒红酒，又一次碰杯。

“是竞选议员吗？”

“不是，议员的话，要德国国籍，我拿中国护照，只能竞选外国参事。”

“虽然我不大懂，但我由衷地为你高兴。你是我们的骄傲！对了，什么时候竞选结果出来？”

“10月。”

“好啊，我在这里预祝马里大哥竞选成功——另外，我要预约，11月杂志的封面人物照片，要独家哦！”

马里低调地说：“我努力做好一名竞选者该做的一切，但是结果，要由选民决定，不敢过于美好想象。能成，我就好好为法兰克福的市民服务，若不能成，我也会依旧热心公益活动。”

温晓钰赶紧说：“我知道，但是不管怎样，马里大哥有参加竞选的勇气和能力，就说明我们华人在海外已经有了更大更多的力量，是一件非常让人高兴的事情。今天这个电话，对我来说实在太荣幸了。别说才加完班，就算是在被窝里睡觉了，我也会滚出来与你干杯庆贺的……马里大哥，我敬你！”

温晓钰刚说这话，就猛然觉得话里有让人联想的内容，忍不住吐吐舌头。

马里也笑了。

幸福的人会一连串地收获幸福，不幸的人会一连串地遭受不幸。

卢卡成了这个不幸的人——他的所有现金被人偷走了。

早上起来，卢卡觉得有点头晕，可能是前一晚喝酒多了的缘故，于是就去酒店大厅问问有没有备用药，大厅服务员给了他两颗药，一杯热水。待卢卡拿着水和药回房间，发现刚才出门时竟然没锁门，小偷进来，把他的皮夹子给搜检了一遍，把所有的现金都席卷了去。

这不过是十五分钟的时间啊！

跟酒店交涉，酒店说这是卢卡自己疏忽导致的财物损失，哪个房客可以这样大咧咧地敞开房门乱跑，这不是成心招贼吗？酒店没有赔偿义务。

卢卡嘀咕："怎么酒店里也有贼呢？"

酒店人员说他们又不能保证住酒店的都是道德高尚的人，何况他这样房门打开钱包放床上，简直就是在诱惑小偷。

幸好卢卡在酒店里有押金，且已经提前支付了后面的住房费用，不然当天就要被酒店请出了。

不过，没有一点现金是件可怕的事情，吃饭怎么办？买日常用品怎么办？交通怎么办？

卢卡心中焦虑：回不去德国了吗？要不要打德国领事馆电话？可那样的话，自己的秘密就会被老爸知道了呀……

大上海有个有钱的熟人，自己的邻居马里，卢卡的手机里有马里的电话号码。但是，卢卡才不会使用这个昏招——饿死也不能跟马里说自己在大上海身无分文呢。

这个奸诈无情的中国男人，就是喜欢看他的笑话，没见上次雪儿的生日派对把他整得那么惨——但是，他喜欢雪儿是事实，马里这个当父亲的，再狠毒奸诈也无法改变这个事实！

好在卢卡还有个熟人——刚认识两天的小钟。

卢卡找小钟，问眼下有没有挣钱的办法。

"钱都被偷光了？"小钟瞪大眼睛。

卢卡点头。

“要不要我借你一些？”

卢卡摇头：“我这么年轻，又有力气，总能自己挣吧。”

“你怎么挣钱啊？”

“我会街舞，就去找个人多的地方，放个钱罐子，我在旁边跳舞。”

“我们这里有城管的，你钱还没收齐，他就没收了你的钱罐子。”

“城管是什么？”

“城管是……你惹不起的人。”

“那你说，我能做什么呢？不需要实习的，立即能挣钱的工作，有吗？我不怕辛苦，我也很有力气。”

小钟挠挠头，说：“不培训，立即上岗……那就和我一起当快递哥吧。今天你跟着我一天，熟悉这个区域的街道名，明天就能给人家送快递了，反正快递是计件挣钱的，送货多挣得也多，我每天会付我一半的工资给你。”

面对小钟的诚意帮助，卢卡感谢之极。

好啦，当穿上小钟递过来的快递衣服和帽子，德国少年在中国当快递哥的生涯就开始了。

对卢卡最难的是，要在尽快的时间内熟悉那些街道名称。好在快递哥的业务都是按照区域划分的，一个区域也不算很大，小钟给了卢卡一张区域地图以及每条街道的名称，让他一有时间就记。

第二难的是要在快递抵达之前与货主电话沟通。卢卡的中文本身就让人着急，若接电话的人普通话再难懂一点，就变成鸡同鸭讲了。不过，小钟经验丰富，总结出了快递电话的最少字数沟通版，然后逐一写出来，并附上拼音，让卢卡在最短时间内记熟。

最后一难就是流程。作为快递哥，取货、送货、交接、签字、回执，必须要井然有序，流程不能错，不然客户打电话来投诉，某一步不到位的话是要负责任的。

对了，这电动自行车也是个技术活，卢卡以前骑几百欧元的山地车，却没骑过电动自行车，也需要在僻静小巷子里练一练。

就这样，卢卡开始跟着钟师傅练习在大上海讨生活的本事了。

第一天就下大雨。

卢卡用防雨塑料大口袋把包裹装好，背在身后。卢卡听着小钟与客户通送货电话，大多数是友好热情的，一说有快递都很高兴，就像家里来天降礼物一样。但是偶尔也有客人脾气不好，不是嫌包裹递送太迟就说小钟服务不好。卢卡发现，打电话时中国人的嗓门都很大。

与德国很大的一个区别是，中国的小区很多，也很大，好的小区门口会有保安，包裹什么的往保安处一存放就行，但是一些老的小区就没有这么好的条件。卢卡发现，大上海的好房子与差房子的区别太大了。小钟说，上海的有钱人很多，穷人也很多，这就是贫富差距。

卢卡还发现，中国人真的很喜欢热闹生活，尤其在老小区里，妇女们喜欢穿着睡衣睡裤遛狗散步，老男人们则一盘象棋可以下个半天，周围还围着一群人看下棋，卢卡觉得这情景很有趣。

随着小区去得越来越多，有趣的情景更多：十来个大妈挑个小区里的空地就可以跳舞；老人会坐在家门口的小板凳上收拾鸡内脏鱼内脏，边收拾边与邻居聊天；年轻的姑娘都很漂亮，出门都是花枝招展的；小伙子都很帅，出去上班就像去约会一样鲜亮……

这就是中国的生活。卢卡默默地记着，看着。

虽然晚上小钟那么开心请自己吃饭，可白天干活时候是特别辛苦的。一场持续一个多小时的大雨把两人淋成落汤鸡，人可以湿但包裹不能湿，不然客户要投诉。雨下得很大的时候，小钟就让卢卡去快餐厅等一会儿，顺便打份7块钱的午餐吃吃，节省时间。不能一下雨就不干活吧，小钟说他们的收入全是靠业绩来决定的，送出的包裹多，挣的钱也多，所以他们最不喜欢下雨天。

卢卡聪明，动作也敏捷，流程一学就会。半天实习后，小钟给卢卡几个包裹，让他单干试试，他在旁监督。这一试发现了情况——外国人卢卡当快递哥引起了收件人的巨大好奇。

“哇，你是外国人吧？”

“哇，帅哥啊！”

“我们合个影吧！”

“你从哪里来的？”

“快递明星啊！”

“你为什么当快递哥啊？”

……

卢卡快递一个包裹花费的时间和口舌远超出小钟。小钟先还耐心，但卢卡几次遭遇“明星”而他几次遭遇“明星保镖”的对待之后，着急地说：“不行，你这样挣不到钱的。时间就是金钱，你干活时就是快递哥，三句话能完成全套程序就不能用五句话！”

这话的意思是：快递就是快递，再有人气的快递哥也是要靠业绩挣钱的，不是靠人家的好奇和喜欢过日子的。

卢卡明白。在熟悉业务后，他开始加速。

第一天干活结束，这是小钟包裹投递量最少的一天。卢卡疲惫不堪，倒不是身体累，主要是脑子进东西太多，又要记街道又要练中文，而且还有一个原因——上海的气候恶劣，上午大风大雨，下午又开始潮热。

小钟给了卢卡100元现金。卢卡难为情，知道按照今天的工作，小钟肯定挣不到200块。但是小钟硬推给他："拿去吧，没钱吃不了饭回不了家。"

快午夜了，外滩的游客总算少了，也没了白天的炎热，凉风习习，很是舒畅。两人一人一瓶雪花，靠着栏杆看江景。

"今天有没有想女朋友？"小钟问。

卢卡摇摇头："白天干活就一点没想，但是现在就想了。"

"不怕，你能把她给抢回来的。那男的，没啥了不起，看起来那么娘的一个人！"

卢卡苦笑："但雪儿说他是个音乐天才。音乐天才是应该受人尊敬的。"

"你说，那女的是你在法兰克福的邻居，那你就等她回德国，你和她在一起，怎么会竞争不过那男的呢？"

"我现在也只能希望回德国以后再追求她了。"

"那你后悔来中国吗？"

"不后悔，认识了你，一点不后悔。"卢卡看着小钟说。

"嗨，好哥们，干！"小钟快活地与卢卡一碰酒瓶。

"小钟，以后你都这样在上海工作吗？"卢卡问。

这当快递，确实是份辛苦的工作。而且，卢卡发现了，对于快递员来说，上海的生活成本其实是挺贵的。因为，今天卢卡又被雨淋又被太阳晒，有感冒的迹象，小钟赶紧带他找家药店买药，结果两包药就花了三十多元。要知道，在德国的药房买常规的药，不过两三欧元。

“我希望能在上海生活下去，能在上海找一个女朋友，我们两人租个小公寓，不要再三四个小伙子合租了，她挣少点没关系，我会更勤快地送快递，每天回家看到老婆就开心！”小钟咧着嘴嘻嘻地憧憬。

“我也喜欢上海，若雪儿愿意在上海，我也会来这里，但是，我得要挣钱，我要设法在一家公司有工作，最好是德国的公司……”

“你还会再去找她吗？我是说，这几天？”

卢卡想了想，点点头。

“再看见她和那个小白脸在一起，你不难受吗？”

“他们是好朋友，是早于我就认识的好朋友，她本来就应该有自己的美好世界，里面有同学、朋友、家人。”

“哎，你真好心……要是我，看到一次这样的情景，也许就再也不想见到女朋友了。”小钟说。

“我也只是想悄悄地看看她，看到，就满足了……你知道吗，只要一想到她和我就在同一个城市里，我心里就很踏实，哪怕我中文不够好，哪怕我口袋里没多少钱，都一点不用怕！”

小钟看着卢卡。唉，那女孩子真不知道自己有多幸福……

“我真希望你很快就能追到她，让她成为你的女朋友。”小钟说。

“我也希望你实现你的梦想。在这个城市里生活，有亲爱的人，有温暖的家。”

“噢耶，那我们多快乐……”酒瓶子又碰到了一起。

两个平均年龄20岁的大男孩，在大上海的外滩，设想着未来——女朋友、生活、工作，设想得津津有味。

37

马里终于放下给老同学的电话——这个20分钟的电话，就是为了查视雪儿在夏令营里的情况。

两周的夏令营，要补习很多对于海外生活的孩子来说已经有些陌生的中国文化课，比如中文、剪纸、诗歌、民谣、武术、下棋、乒乓等。营部对这批来自海外的学生是尽心尽力，吃住行的安排一应俱全，几乎是半军事化管理。马里看过课程表，从早上8点一直到晚上8点，全部都是集体活动。

这些课程对于小雨是很新鲜，但对雪儿来说，实在太小儿科了，马里担心雪儿无聊逃课，就托了自己的老同学、在大学里负责这个项目的老李多多管教。

老李说："雪儿挺让人放心的，因为她在国内呆的时间长，所以是半个老师，有时候她会教其他的营友唱流行歌曲。有一个周末，她带着几个小朋友去外滩玩呢，一路都显得很有领袖才干，让那些营友都很佩服。"

"有其他人来找她吗？比如，男孩子？"马里故作轻松地问。

老李笑着说："没有，但是她是个很受欢迎的女孩，在夏令营里，她是被很多男生追捧的女神。"

马里放心了。

他没有理由不放心雪儿，因为他觉得他对她的控制是精准之极的。既不伤她的自尊，又给她适度自由，过两周半军事化的夏令营生活，马里自然安心。

女儿几次说他专制，马里才不认同，他觉得自己很民主。当然这世界上没有绝对的民主，女儿的事情什么都顺从是民主吗？笑话，那只是溺爱。

“爸爸不是不讲道理的人，爸爸所做的一切，都是为你把关，因为爸爸的人生经验比你多。”每次父女争执，马里都会这样苦口婆心地劝诫，而每次在这样的劝诫中，雪儿却赌气进自己房间，闭门不理。

“你好好反思吧，总有一天，你当妈妈了，也会这样操心你自己的女儿！”马里不忘在门外再次补刀。

不过，对于马里的行为，马里的老妈总觉得他像将军严管士兵那样，有点过了。奶奶想孙子孙女，几次想让马里把雪儿和小雨带回家吃个饭，但是马里说夏令营有规定，不能擅自脱营。

马里妈妈叹气，说孙子孙女好不容易回家一趟，却被送去什么夏令营，连见面都难，真是没人情味。

马里拉过老妈的手：“他们夏令营一结束，我就带他们回来聚。小孩子现在是成长阶段，教育很重要，不能为了满足他们的随心所欲，就放弃必要的管理，要从小教他们有责任感，有自制力，这样的孩子，长大了，才有成熟的心智。”

马里老妈说：“好好好，你就是有道理，什么人都说不过你的道理……”

马里笑了：“老妈你要人陪你，那我陪你吧，陪你去菜市场。今天我们买点什么菜？”

卢卡骑着电动车在一个小区里投递包裹。

迎面遇见一个人，好面熟，他左手搀扶着一位老妇人，右手拎个藤制篮筐，里面有肉、牛奶、蔬菜，还有一条鲜活的鱼，正慢慢走在小区的路上。

是马里。是的，是他！

卢卡一愣，差点从电动车上摔下来。

他赶紧拉下鸭舌帽，装作不认识，从马里的身边擦肩而过。幸好马里没有注意到这么一个快递小哥。

待马里走过，卢卡停了电动车，回头一望，抚平刚才激烈跳动的心脏：原来雪儿的家就住在这里！

显然，那老妇人是雪儿的奶奶、马里的妈妈，不然马里不会穿着最家常的T恤，挽着她的手，如此悠闲地走过。

卢卡环顾四周，顿时，这个看起来平淡无奇甚至有些老旧的小区，在卢卡的眼里是如此温馨。

而且，卢卡第一次发现，在法兰克福总是毫无表情的邻居，刚才却是那么温和！在法兰克福，他一直是趾高气昂、神情冷峻的，但是眼下，马里，那个曾冷落嘲笑他的男人，挽着老人的手臂，拎着菜篮子，眼里满满的全是温柔的笑。天啊，这反差太大了。

卢卡傻傻地看着马里挽着他的母亲，走进了旁边一个单元的门。

惊异之后，卢卡又狂喜不已，今天，他知道了雪儿的童年和少女时代是在哪里度过了。原来就在这个小区，就在这条小路，他心爱的雪儿，曾经就这么进进出出，那会多么可爱啊！

卢卡眼望四周，任何角落都觉得鸟语花香。

若他能联系到雪儿，此时他多么想告诉她他的激动和快活——但他没有雪儿的手机号码，他无从告诉。

不管怎样，这个意外的发现，依旧让卢卡感觉就像在分享雪儿的世界那般甜蜜。他要精心地拍下这里的照片，好在日后慢慢回味。

马里继续着与朋友同学的各种聚会。

朋友同学中有几个土豪，得知马里与欧洲各奢侈品经销商有不错的关系，就跟他说："帮我带个手表回来?5万欧元以上的档次应该能保值了吧？"

马里哭笑不得。看来他后半辈子的生涯与奢侈品脱不了干系了，在德国是，回到中国依旧是。

但他不甘心一辈子这样，他有梦想，他的梦想不单是与钱和手表有关。

饭桌上，不知是谁，先说起了旅游话题。不少有钱同学已经玩遍了三大洲，美国迪拜英法德意，各种风景都看了，觉得旅游的乐趣已经穷尽。

于是问马里，还有什么好玩的。马里当过导游，知道玩法。

马里说："你们想开私人飞机在葡萄园上空鸟瞰田园风景吗？想包下一个私人古堡住三天吗？想去世外桃源拜访制表高人然后定下一块纯手工打造的手表吗？想去不对外开放的王宫酒店吃王室餐吗？"

一听这么高端的玩法，果然提起了大家的注意力，也镇住了稍显张扬的有钱同学。

其实旅游，就是去自己不熟悉的地方。现在常规旅游已稀松平常了，那么特色旅游的牌子就是：去一般游客去不到的地方，体验不单使用金钱就能换来的经历，享受超出普通游客能获得的待遇。

"马里，你都享受过了吗？"大家好奇地问。

马里点点头。

“哇，看看，这才是别样人生啊！”有人羡慕。

“有兴趣吗？一起组个特别团，一道去德国吧，吃米其林餐，住古堡酒店或者别墅酒店，给你们租最豪华车去高速公路飙车，240迈还嫌慢的话也可以带你们去保时捷俱乐部体验专用赛道上的跑车……”马里轻描淡写地说着。

立即有同学动心了，饭桌上马上报名。

“马里，那什么时候成团出发呢？”

马里本想说，好好计划一下，明年暑假，但是，就在转念一瞬间，他脱口而出：“10月吧，10月最美了。”

10月确实是德国最美的季节。但是，在那转念一瞬间，还有一个小私心藏在马里的心底：10月，是法兰克福外国参事竞选出结果的时候，若他竞选成功，对他来说是个名誉显耀的季节……

38

这真是一个看脸的世俗世界！长得帅的人，就算穿着快递小哥的衣服也会被人热情追捧。

已经不止一两个人在网络上贴出了卢卡的工作照。这个年轻英俊、皮肤白净、时常带着明朗笑容的少年，在上海的大街小巷，骑着电动车，带着快递大箱子，说着不那么标准的汉语，却是气场强大！

他骑车穿过小街，常引起回头。他递上包裹，常被人要求合影。卢卡呵呵笑着做着自己的工作——虽然一切都是最普通的工作。这个快递小哥已经开始在中国的网络上快速积攒着人气——而他自己并不知道。

卢卡喜欢中国，喜欢上海。

他已经适应了酷热的天气，他喜欢热闹的广场舞，他觉得刷卡挤公交车很有都市味道，他觉得中国的男孩子对女友好温柔体贴……

他非常喜欢中国的小区，因为比起德国安静甚至死寂的社区，中国的小区里更有人间的气息：有时是老人带着刚会走路的孩子，摇摇晃晃走在小区的小路上；有时会在走过某个单元门时，闻到从里面厨房飘出来的红烧肉香味；有时会听到蹬着三轮车收购废品旧货的老人缓慢悠长吆喝着“收旧报纸冰箱彩电啦”，那吆喝简直像音乐一样！

卢卡又去雪儿家的小区溜达，寻找与雪儿邂逅的机会。

昨天他在小区溜达时，看到了雪儿的奶奶，她与另外一个老太太坐在玉兰花下的木头椅子上，手里是一袋子的毛豆，一边剥毛豆一边聊天。卢卡本想上去搭讪，可又不敢，犹豫了好一会，然后眼睁睁看着雪儿奶奶剥好毛豆，回家去了。

今天，他已经事先打好了腹稿甚至还排练了一番，诸如“奶奶，您知道这旁边有个书店吗？”然后趁机去拿奶奶身上的袋子，说“奶奶，您剥豆子啊，我帮您剥吧。”这样趁机就坐在奶奶身边边剥毛豆边拉家常。这样的情境设计，怎么样？

但是，前一天的苦心设计都没派上用场。

卢卡再次看见雪儿奶奶，是在小区门口的街上，他看见一辆电动车擦着奶奶的身体飞驰而过——为了紧赶前面的一个绿灯。雪儿奶奶一个趔趄，晃了晃，想平衡住身体，但是没有成功，她重重蹲坐在了地上，篮筐里的蔬菜撒了一地，鸡蛋也碎了好几个。

卢卡一看，立即上前，扶住雪儿奶奶。

“奶奶，您还好吗？”卢卡紧张地喊道。

旁边也有人过来好心地询问，同时不忘帮卢卡作证人：“奶奶，这个小伙子并不是刚才撞你的那个骑车人啊！”

雪儿奶奶点着头：“我知道的，我脑子还拎得清的！”

卢卡没听懂他们说话的意思，只管着急地查看雪儿奶奶有没有受伤，想扶雪儿奶奶起身。

在一圈人的帮助下，雪儿奶奶终于站起了身，试了两下，能走路，就是臀部痛，估计是刚才蹲坐时受力造成的。

卢卡赶紧说：“奶奶，我送你回家吧，回家躺着休息一下。”

旁边人也劝，说需要有人搀扶着回去。

于是，卢卡把雪儿奶奶的篮筐拿过来自己挎着，挽着雪儿奶奶的手，小心地走进小区，慢慢走向回家的路。

“小伙子，你这么好心，第一个帮我，若没你帮我，其他人也不敢帮忙呢。我要好好谢谢你啊！”

“奶奶，没事，能帮忙是件让人开心的事情。”

“小伙子，你是哪里的人啊，听你说话不像上海人啊。”

卢卡取下头上的鸭舌帽子，嘻嘻笑着说：“奶奶，我不是中国人。”

雪儿奶奶一打量，吃了一惊：“哟，还是个外国小伙子，很英俊的外国小伙子呢！中国话说得蛮好啊！”

卢卡听了，笑了，心想，我学中文还是因为您孙女呢。不过这话没有说出来。

“小伙子，你在上海做什么呢？旅游吗？”

“嗯，是的，旅游。”

“喜欢上海吗？”

“喜欢，非常喜欢！”

“喜欢就好，喜欢就多呆些天哦。”

“好的，奶奶！”

“谢谢你，小伙子，你去我家喝杯水吧，我家就是有点乱……”

“奶奶，我把您送回家，您可能需要在床上躺一躺，休息一下，等你一切都好好的，我就离开。”

雪儿奶奶一个劲感谢。

在雪儿家里，卢卡心情激动地环顾四周，再次感觉自己好像在分享着雪儿的生活，多么幸福啊！

卢卡扶奶奶在沙发上躺下，又去给她倒水。待一切都安排妥当，卢卡礼貌地告别。

“小伙子哎，你有空过来玩啊，我有个孙女，年龄跟你差不多呢，你们可以一起玩的……”

“好的奶奶，我一定会再来看您的！”卢卡听到奶奶这话，心里别提多美。他是被雪儿奶奶特批的，下次来看雪儿，是有通行证的！

卢卡戴上帽子，他得走了，今天还有很多快递的活要干呢。

当卢卡走出小区，拉开总单元的防盗门时，迎面遇到了马里。

马里看了一眼卢卡，脸露惊异之色。不过卢卡戴着快递帽子穿着快递衣服，帽子遮住了一小半脸。

卢卡赶紧说了一句地道的中文：“借过！”然后低头走了。

留下马里，在那里狐疑半天。

夏令营即将结束。

雪儿不开心，因为她知道，一回到家，她又要被父亲带在身边，一天24小时监视着，与云哲私会的机会，将越来越少。

在营地里的最后一晚，雪儿与云哲手拉手，去校园散步。雪儿心情不好，一路不说话。云哲一个劲问怎么啦，雪儿只是狠狠地捏他的手臂——小恋人间的撒娇，意思是你真的一点风情都不懂吗？

“你看，多漂亮的月亮，我们去哪里坐坐？”云哲问。

“小树林里吧。”

于是，在月亮的诱惑下，云哲带着雪儿，往小树林的方向走去。

树林下有椅子，俩人依偎在一起。

“看过《肖申克的救赎》吗？”雪儿问。

云哲点点头。

“我又要被我老爸囚禁了。我感觉，他就是那个不近人情的典狱长！”

“那我一定要救你出去。”云哲说。

雪儿看了他一眼：“怎么救啊？”

“只要我成为一名钢琴明星，你爸爸就会同意了，你就能飞出他的牢笼了。”

“那……那要什么时候啊？”

云哲叹口气。是啊，什么时候才能出大名啊？中国弹钢琴的孩子那么多，弹得好的也不少啊，要达到顶级少年明星的地步，还是很难的啊。

“不过，只要我出名了，你就不用担心你爸爸了，对吧？”云哲还是给了雪儿一线希望。

雪儿叹口气：“还是我努力考大学吧，明年我考上大学，然后课余当钢琴老师弹琴挣钱，就可以独立了，说不定每年都可以飞中国来看你呢。”

云哲摇头：“这样挣钱多辛苦，还是等我出名吧！我出名了，成明星了，想去哪儿就能去哪儿了，而且都坐头等舱呢！”

雪儿担心：“你若当明星了，身边会有很多粉丝，你都没时间来看我了。”

云哲发布爱的承诺：“我最喜欢你！明星喜欢粉丝，那是一种市场营销，必须做样子的，不然没有粉丝的明星怎么当明星啊？”

雪儿不说话。对啊，现实都是这样的啊。

“别想以后那么多的事情，我们想想眼下吧……我还能在国内待一周，但很可能我老爸会带我和弟弟去旅游，所以在上海的时间就不多了，我们该怎么找机会约会呢？”

云哲想了想说：“那你就说要与老同学吃饭告别，然后我就去约你？”

雪儿沉吟一下：“这个理由应该可以……”

但她又立马想起什么：“可是，我老爸是贼精的一个人，万一他不同意呢？万一他要陪我一道去呢？万一他让我把老同学约到家里呢？”

俩人垂头丧气。

“要不，我就在我们约定的时间去你家楼下等你，像很多电影里那样？”云哲吞吞吐吐。他很想约会，但是，想不出更好的见面办法。这个计划，挺冒险的。

“我爸看到你的话肯定毫不留情把你轰走，真的，他说话会很刻薄的！”

“我是有些怕你爸……”云哲趁势取消这个计划。

怎么办呢，怎么办呢？

最后还是雪儿想出一个好主意：自己老爸不是善于偷偷跟踪吗？那就让他跟踪好了，与云哲定好约会的地点——中学母校的大门口，就跟老爸说几个老同学约好在校门口见，拍拍校园写真什么的，到时让云哲找几个小伙伴在校园门口晃荡，老爸反正也认不出人来，他见真有同学聚会，也就撤了。这样，她与云哲就可以再次约会了！

云哲一听这个主意，高兴地搂住雪儿，亲了一口："宝贝，你真聪明！"

于是俩人约定，最后一天，无论如何，都要见面，云哲会在中学母校的门口等着她，不见不散。

月光真美。树林下，两个人的身子，互相搂在一起；两个人的脸庞，紧紧黏贴在一起。

夏令营结束之前，马里接到一个让他不安的电话。

电话那头，老李向马里大赞特赞雪儿的出色，马里微笑听着。然后老李说："她这两天经常请假回家，看来再优秀的女孩子也还是很恋家的呢。"

马里眉头一皱：雪儿从来没有回家过啊。

他赶紧详细打探，老李说："后面一周，雪儿隔天就请一次假，说夏令营的课实在太简单了，她要回家陪奶奶。营里老师考虑到她的实际情况，就答应了她的请求。所以，雪儿已经好几天不在夏令营里。怎么，马里你不知情啊？"

"轰"的一声，马里对自己管教女儿的自信坍塌了——严防死守还是没有防住。

是谁？是云哲，还是卢卡？或者是其他还没有浮出水面的男孩子？

马里不想事儿扩大，定定神后赶紧笑哈哈地说："是的是的，她有几次是回家吃饭来着。不过，住宿，都是回营里的……她按时回营里吗？”

马里是在试探，若连住宿都不在夏令营里的话，那问题就太大了。

那边老李的话让他总算放心一点：“雪儿都是在熄灯之前准时回营的。怎么，是不是担心雪儿趁着回家的时间偷偷见男朋友，呵呵，也是哦，现在的孩子，个个都鬼着呢！不过，你家雪儿很懂事的，你就放心吧。”

马里听了，言不由衷地附和着笑笑。

放心？这样的女儿，能放心？！

马里一放下电话，就想马上找到雪儿问个明白，这几天，她究竟跑哪里玩去了？她与云哲，是不是还藕断丝连？

不对啊，雪儿的手机早就被他没收了，他们是怎么联系的呢？当然，现在的通讯那么发达，真想要联系那是没什么能阻挡的……那么真的是云哲？

可是，前两天还出现过一个面貌酷似卢卡的男生，当初以为是眼花，事后回想，那男生是越看越像卢卡，尽管穿着快递小哥的马甲！可他怎么会来上海？他怎么可能当起快递哥？他怎么知道自己的家？难道是刚好有包裹投递到邻居这里？……

马里越想越头大。

天啊，敌方竟然出现在了自己的家门口——好啊，现在的年轻人，本事越来越大了，侦探和潜伏工作都做到家了！

还能说什么呢？根源不就是在自己的女儿身上吗。一想到雪儿被那么多双贼溜溜男孩子的眼睛觊觎，马里就坐不住了。

马里开车，立即去夏令营把雪儿与小雨接回家。

没来得及休息，马里立即掏出五张高铁车票：“今晚，我们一家五人，去北京旅游！你们有两个小时的打包时间！”

除马里之外，一家人面面相觑。

39

从某天开始，卢卡以不可阻挡的速度迅速在网络上走红。

最先源于好色的女人在网络上贴了一组照片：帅气的卢卡穿着快递衣服，满脸笑容地手捧包裹，这个阳光的小老外甚至还说很地道的中文：美女姐姐，你的快递，请签收……照片上卢卡白里透红的肌肤和腼腆的笑容，看了忍不住让人心动。

照片之下配上色女的评论：这么帅的快递哥，你家在哪里？姐的家门随时为你打开哦！

后来洋快递哥的照片被越来越多的人传上网络，卢卡几乎要被当作快递代言明星了。

真正掀起网络狂潮的是下午发生的一件事：

一辆牛叉的奔驰车不知何故行驶在非机动车道上，卢卡看到了，上前阻止，让其倒退出非机动车道。但是奔驰车主感觉大庭广众之下被人阻挡，尤其是被一个穿快递衣服的穷小子阻挡，很失面子，硬是要继续往前开。卢卡一看，火了，就把个电动自行车往奔驰车前头一挡。

“小子，你找死啊？”奔驰车主探出头来。

“请你开另外的车道，这车道不是你的。”卢卡指着非机动车道上的来往行人。

车主下了车："你小子是谁啊，你以为你能执法吗？快把你那快递车拿开，识相点，不然我碾了！"

卢卡没全听懂，但是知道不是好话。不过卢卡倔强地立着。

车主火起，上前一巴掌掀掉卢卡的快递帽子。

卢卡咬咬牙，捡起地上的帽子，却依旧不动地站立在奔驰车前。

这时围观的人越来越多。

"哇，快递哥是个外国帅哥！"

戴着帽子的卢卡看不出是外国人，但帽子一摘掉，金发高鼻子都出来了。

拿手机拍照的人顿时多了。

奔驰车主一看架势不对，立即退回车上，戴上太阳镜。

围观的人越来越多，交警自然也随即到场。

后续不用多说。当天最爆的新闻，是老外快递帅哥人肉挡住违章奔驰车的照片出现在网络上，短时间内一片怒赞。

然后连锁反应开始，网上高手搜出了卢卡以往被偷拍的街景照以及工作照，并链接到了一块儿。

自然是加倍的点赞，加倍的扩散，加倍的搜索，加倍的好感……

再然后，卢卡帅哥照被放了特写，包括他胳膊上的纹身：清炒虾仁。好萌萌的小鲜肉帅哥啊！

一天之内，快递小哥卢卡的粉丝爆棚。

17岁的法兰克福少年卢卡，在中国大上海的马路上，以他意料不到的方式，被路人挖掘出来了，爆红了。

在北京，马里继续严防死守。

手机依旧没收，24小时除了睡觉时间外始终让女儿在自己眼皮底下，而且为了防止雪儿半夜打电话，马里还取消了雪儿房间里电话的长途功能。

“爸，你赢了。”一天，雪儿面无表情地对马里说。

马里眉毛一扬：“我们之间有战争吗？我们之间没有战争，只有关爱！再说，老爸怎么可能赢得了女儿？老爸只能一天到晚照顾女儿呀！”

雪儿不满地盯着马里。

“对了，雪儿，今天爸爸有个聚会，是与一位合作伙伴的聚会，你陪爸爸去吧，听听大人的聊天，多学点东西去？”

“没兴趣。”

“那你和小雨陪爷爷奶奶去动物园。”

雪儿权衡一下，动物园太小儿科了，还是去大人的聚会吧。

马里看着雪儿，淡笑：“说不定你今天还会有意外收获！”

什么意外收获？看爸爸现场签合作单子？

到了酒店包厢，雪儿才明白老爸说的“意外收获”——是一位年龄比自己大不了几岁的青年才俊。

才俊彬彬有礼，风趣幽默，衣着也是简洁大方，白色带领子的T恤配蓝色牛仔裤，看着让人舒服。

见面寒暄后，马里和他的合作伙伴就开始若无旁人地聊事，雪儿只能与白衣才俊瞎聊。谈起来，原来他在美国留学，也是暑假回国看望家人来着。

若不是已经有了心上人，这个白衣青年确实也是分值不错：颜值、身材、情商、智商、性情，都摆在那里啊。雪儿不得不承认自己老爸的眼光，但是……

雪儿背后有心上人，保不准这个才俊也不过是为了应付家长的差事。雪儿淡淡地冲才俊微笑，不敢深聊。

宽敞的包厢里有卡拉OK，在小菜上来之前，两大叔级别的合作伙伴不知为何想起要高歌一曲当开胃运动。才俊就很积极地为爸爸伯伯们点歌。

原来唱歌是为了言志，才俊的爸爸拿起麦，豪迈地唱了首《战友》，边唱边搂着马里的肩膀。才俊立即为两大叔拍照留念。

才俊的照片拍得颇有水平，两大叔神情自然，画面也恰到好处，并且有虚有实，更能突出重点。

马里在自己的伙伴之后，点唱了《故乡的云》。

“我曾经豪情万丈，归来却空空的行囊，那故乡的风和故乡的云，为我抚平创伤。啊……”马里的高音为情感抒发做了完美的演绎。才俊和才俊父亲立即鼓掌。

才俊边鼓掌边说：“马里叔叔哪里是空空的行囊啊……”

他爸爸抢着说：“就是，马里一回来，口袋里满满都是各种卡，还有各种投资计划书。行李多着呢！对啦，还有个漂亮的女儿！”

才俊不像他父亲那么土豪，补充说：“马里叔叔行囊里更多的是人文情怀，是理想和宏图。其实听得出来马里叔叔依旧是豪情万丈的！”

马里一听，立即夸奖才俊会说话。马里拍着他的肩膀，喜爱之情洋溢脸庞。

雪儿虽然也觉得才俊的情商颇高，但是……依旧是那个但是。

饭桌上，尽管才俊频频为雪儿夹菜，可是，雪儿反应客套矜持。

“两个年轻人若谈得来，可以交换手机号码QQ号码微信号码嘛。

现在这么方便，美国和德国其实不算是距离，对不？”才俊的父亲有心撮合。

雪儿轻笑一声：“我手机都被老爸没收了呢。”

“咦，这是怎么回事？”才俊老爸着急问。

才俊看起来显然比他老爸聪明多了，女儿的手机被老爸没收，基本也就一种情况。

他若有所思地点点头。

后面的互动就淡了一些。最后，他还是留了一张手写的电子邮箱地址给雪儿，说：“若你来美国旅游，我可以给你当很出色的导游呢！”

马里开车带雪儿回酒店。

“你对他感觉怎样？”车上，马里关切地问女儿。

“没感觉……”

“你慢慢会有感觉的，那小伙子多阳光多有礼貌啊。”

雪儿不说话。

突然，她问了一句：

“爸，你说，我找男朋友，要征得你同意，那我妈妈呢？”

马里一愣。他从后视镜上看雪儿，雪儿没看他，眼睛只看着车窗外的风景。

“我想妈妈了，以前妈妈也带着我来北京玩过……”

马里半天说不出话来。

40

人怕出名，人也爱出名，一出名，什么都会找上门。

先是报社记者要来采访。

卢卡先还难为情，但是人家敬业，记者带着个摄影师，两个人在那么热的天气下硬是跟拍了他整整一天，然后在任何一些有机会的场合，勤奋的女记者问他所有能问的问题。卢卡拉上小钟，努力配合，总算把记者给应付过去。

女记者在最后收拾采访包临走之际，不忘再确认一遍："你真的喜欢当快递小哥？我是说，不是只当两周，而是至少当两年的话？"

卢卡看了一眼小钟，肯定地、快活地点头。

小钟挽着卢卡的肩头，呵呵地笑。

但麻烦也随之而来。

社区管理办公室的主任找上快递小站的门："你们这里是不是有个外国帅哥快递啊？"

卢卡正在给包裹分类，一听这话，赶紧上前。

主任仔细打量一番，点头说："是蛮帅的，怪不得那么多女人喜欢你……不过啊，你在中国违法啦，知道不？"

卢卡吓一跳。

"你是外国人，是旅游签证来的，不能工作的！工作是非法的！我若不人性化执法的话，你就要被关个几天啦……你赶紧辞了这工作吧，啊，辞了就没事了……”

小钟上去找理由：“他的钱包被偷了，没有钱呢，不打工的话，就要饿肚子了。”

主任愣了一下，依旧慢悠悠地说：“小偷也会有理由的，说没钱了，肚子饿，就只好偷东西了，但是这不是干坏事的理由啊。你这朋友，是旅游签证，中国法律规定，持旅游签证不能工作，你看你这朋友也是个讲道理懂法律的人，总不能拿个没饭吃的理由，来做违法的事情吧？”

小钟没话说了。

卢卡只得脱了快递哥的衣服。

主任再次强调：“别干活了啊，再被人发现你在这里工作，我也救不了你啊。”

主任走出快递小站之前，掏出钱包，抽出两张老人头，塞给小钟：“给你朋友吧，这么一个外国小伙子，跑咱中国来玩，却被偷了钱包，咱对不住他，就给他补一点吧。”

说完，主任不顾卢卡的摆手摇头，自顾自上了电动车，走了。

卢卡就这样失业了。

但是，网上红火的力量是不可估量的。就在当晚，卢卡被一家舞蹈学校预定了，卢卡会街舞，他只需登台表演1小时，舞蹈学校的老板就付他1000元。

跳舞大厅里，卢卡表演了1小时，但被观众拉着合影不止1小时。

小钟说：“这活不能再干了，明天你再来的话，会有更多女人要吃你这小鲜肉，会损坏你形象的！”

舞蹈学校的活不干了，接着有影视公司的星探找上门来，问他是否愿意参加电视台一个很火的综艺节目。

卢卡难为情地说，他没有学过表演。

星探极力鼓动："表演可以快速学的，你条件这么好，眼下又这么红，不转化成资源，可惜了。"

卢卡问要多长时间。

星探说："至少一个月，要去外地拍摄。"

卢卡立马摇头说，他得回德国去，他的好朋友过几天要回德国了，他也要回去陪她。

星探一愣，还没见过有人这样回绝的。这样火的节目，有人倒贴钱都想上啊。

星探还想再做做工作，但卢卡不改主意。

星探撇嘴摇头，临走前惋惜地嘀咕："你这孩子，你那朋友那么重要吗？你知道整个大上海有多少人在期盼这样的机会啊，成千上万号俊男靓女都想上电视呢，你这么年纪轻轻的，又没关系，放平时怎么可能上这样的舞台……看看，看看，本来是多么幸运的事啊，你真是不珍惜这个难得的机会啊……"

卢卡冲星探耸耸肩，摊开双手，表示感谢好意，但是确实无法签约。

再然后是房产公司开盘仪式，作为网络正面形象的名人，出席两小时给10000元的报酬。

"啥？一万？"卢卡瞪大眼睛。

当然你要表演什么的，会跳舞吗？会钢琴吗？都会，那太好了！哦，钢琴只会一点也没关系，又不是让你去比赛。什么，你还会帆船，还会开车，在家开的是奥迪A8？那你当什么快递哥啊……

卢卡终于明白了人家公司要买的就是自己的爆红，于是一把推出小钟："他去我才去，他是我的翻译，我的经纪人！"

卢卡也想让小钟轻松挣点钱。

来人一看小钟："成，看你的面子，给他5000吧。"

……

在上海的最后几天，卢卡经历了种种难以置信的奇遇——就是因为，他是网络名人。

名人，名人！有了名人的光环，经历就是这样的神奇！

不过，一切都会继续平静。因为，明天卢卡要返回法兰克福了。

41

马里一家从北京返回上海后，马里没给雪儿小雨留下太多的时间，说这次回国的行程差不多结束了，第二天他们要返回法兰克福。

"给你们半天时间足够了吧，你们去超市或者其他地方，买些德国买不到的、自己又很想要的东西，什么毛笔呀，刻刀呀，书呀之类的。"马里言简意赅地交代。

雪儿冷眼看着他，抗议："对我来说，半天是不够的！"

"为什么？"

"我还有同学要告别，我的小学中学都是这里上的，总有几个朋友要说再见吧。爸爸你不会这么无情，让我连见中学同桌的机会都没有吧。"

雪儿很聪明，知道自己老爸把时间安排这么紧张，就是要消灭一切她与云哲见面的机会。

但马里更狡猾。

“你要见老同学啊，好啊，你可以邀请她们来我家的……若我家太挤的话，爸爸去预定一个包厢，随便你们玩，怎么样？”

雪儿咬咬嘴唇，没再说话。

马里看着她生气又无奈的背影，暗笑：小姑娘同我较量？嫩着点！

雪儿背对父亲，眼珠子骨碌一转：半天就半天吧，能见云哲一面，也胜于天各一方无法见面。

马里在犹豫，上海的最后一天，是不是要请温晓钰再一起吃个饭。

对于这样一个女生，马里该怎么说呢？

一个大大咧咧没心机的妞，心眼大到可以直接对他说“我是剩女”，“我酒量很好”，“这么贵的一餐饭啊，我的工资吃几顿就没啦”……与她在一起，自然是蛮轻松的。

而且，温晓钰的眉眼之间，有简雪的样子，这种熟悉感，让马里总有种期待，不知温晓钰和简雪之间是不是有些关联。

但是，温晓钰是恨嫁女，自己是对婚姻再无欲望的半老男人，这样的错位，注定了他们无法对接呀。

马里手拿手机，正在犹豫是不是要给温晓钰打个告别电话。

此时，号码没拨出去，温晓钰的电话进来了。

“马总，你什么时间回德国？”

“你的电话真及时，我明天就回德国呢。”

“哇，真巧，我想为你饯行一下呢，马总有空出来吃晚饭吗？”

马里沉吟一下，短短时间里跳出二选一的画面：接受？还是不接受？

“马总，是不是我分量太轻，邀请不了你啊。”电话那边是激将法。

马里一笑：“好啊，一起吃个饭吧，你请客，我买单。”

“别别别，那显得我太没诚意了，这个晚饭必须是我请客，别忘了，我还预约着你的封面人物稿呢。”

马里又一沉吟：“那好吧，你请客吧，不过我很想吃碗面，特别想吃杭州风味的面条，虾爆鳝面，或者片儿汆，你知道哪里能吃到吗？”

想吃杭州风味的面食，不过是马里在沉吟时间里显露出来的小小一面，至少，在大脑快速运转的两三秒里，他要照顾对方的钱包，还希望这个吃饭的环境，不是那么浪漫的，不那么会给人误解……

“杭州面食啊？我知道，我经常去一家小餐馆吃呢，非常好吃，猪肝面，虾爆鳝面，很多的选择，就是，那个小餐馆环境不怎样，在夜市里的呢，会不会委屈你啊？”

马里笑了。其实，回国的这段时间，老同学聚会吃大餐，工作伙伴吃商务餐，商界朋友吃西式大餐，就是没吃过民间草根美味餐，这些一说就让人有胃口的面点，还真是适合作为他离开中国前的最后一顿美食呢。

也是在这个时间，卢卡和小钟最后一次去夜市吃饭。

依旧是三菜一汤两瓶啤酒，夜市大排档上菜很快，卢卡捏着筷子，望着色泽诱人的中国餐，说：“等我回德国，肯定会怀念死这里又好吃又便宜的美食。”

小钟笑嘻嘻地说：“中国这么好，每年都来中国吧。”

卢卡认真地点点头：“我会告诉我的同学们，中国好吃好玩的太多了，人生不来一次中国，太遗憾了。”

“但是对你，中国的吸引力可不仅仅是有好吃的中国菜吧？”小钟夹着菜，问。

卢卡点头偷偷地笑，忍不住透露大喜讯一般悄悄告诉小钟：“你知道吗，这次我来上海的最大收获是找到雪儿的家了！我都见到她奶奶了，她奶奶还让我常去她家玩……”

“哇——”小钟叫道，“你这招太厉害了，这叫围魏救赵，不对，你这是突破外围，然后直取核心……你知道吗，很多不被同意的恋爱，就是用这样的战术最后成功的，哇，你在中国才呆三星期，怎么也学会了这招，真是战果辉煌啊！”

卢卡不是完全听得懂小钟所说，但是看他手舞足蹈不停赞美的样子，知道自己跨出了重要一步。

“雪儿奶奶被撞倒了，我扶她起来，送回家，她奶奶就很喜欢我……可是，后来，我出门时不小心遇见了她爸爸，她爸爸一直对我没感觉……”

“你追求的是雪儿啊，又不是雪儿爸爸。”小钟不在意。

“可她爸爸气场很强的，像一枚原子弹，会波及很多的……后来，我每天都去雪儿家，她家门一直锁着，没有人了。我担心，是不是马里把一家人都藏起来了……那个男人，太狡猾了！”卢卡泄气。

“不怕，你有这样的意志力，什么事情做不成啊？相信我，这个雪儿，她肯定会喜欢上你的。”

“嗯，我要继续努力，让他们家的人一个个地喜欢我，最后雪儿也喜欢我！”

“卢卡，为你干杯！”

就在这边卢卡与小钟举着酒杯庆贺的时候，附近不远的面点小餐馆外的露天摊位上，马里与温晓钰也在干杯。

两人点了三碗不同的面，虾爆鳝、片儿氽、爆腰花，各有风味特色，都想尝尝，就说待会儿可以一道分享着吃。

“人声鼎沸，人气极旺啊。”马里看着周围的人流，感慨。

“抱歉啊，马总，让你在这样的环境里吃饭，本还指望在餐馆里有个空桌子，结果都只能在街上啦，我都不好意思呢。”温晓钰给马里的杯子里添加啤酒。

“我觉得就吃饭的意义来说，这样的环境才能满足胃的真正需求，你看，这里有人气，有锅气，有地气，服务员端出来的每一碗面，都是最新鲜热辣的，让人的食欲一下子绽放。”

“法兰克福有这样的环境吗？”

“可以说没有，除非是到了节日，比如说苹果酒节，在歌德广场上会搭建起摊位，摊主烤肉烤香肠烤土豆，游客吃着刚出炉的食物，然后再要杯苹果酒，边走边吃边看，这样的感觉也还不错的。”

“苹果酒节？哇，听起来就挺浪漫的啊！”温晓钰眼睛闪亮地望着他。

“没感受过的游客，都会很感兴趣，但是像我在那里呆久了，就觉得热度降低了。”

“应该不会啊，你看我住在上海，但是每次要到熙熙攘攘的夜市来吃宵夜逛街啥的，还是很有热情的，我看你马总，是因为工作太忙了，而且把工作看得太重了，所以就会把生活中的一些乐趣给排挤掉了。”

这姑娘说的，貌似有理呢。

“你去过德国吗？”马里问。

“没呢，但我去过法国、英国、美国，都是公差，其实我好想有一趟自己的旅游，没有任何工作，不用写稿，就是纯粹的旅行，那才舒服呢。”

“你想去德国旅游吗？”

“想啊，可想啦！德国的小镇是很别致的，对吧？真想去小镇里住几天。”温晓钰的眼神里满是期待。

马里点点头，微笑问道：“那你10月份来德国旅游吧，我可以邀请你，我也可以帮你承担飞机票。我家还可以提供你作为旅行的临时落脚点——我家有两间客房，还一直没人住过呢。”

温晓钰瞪大眼睛。

这是马里计划外的脱口而出——他看到她因为向往而闪亮的眼神，突然就想满足她这个心愿。反正，这样的承诺，对于他来说，是不足道的。

温晓钰脸上满满的都是惊喜：“真的？”

马里慢悠悠地说：“10月份，我的一批老同学会组一个特别的团来德国，就是体验别样的旅游感受的，你可以和这个团一道来。到德国后，你若想随团玩也行，你想自由行也可以。”

10月份，10月份……温晓钰在琢磨。对了，10月，不就是马里竞选结束的时间吗？

温晓钰明白了。

“马里大哥，谢谢你的邀请！与其谦让，不如愉快地接受，那我期待10月份的到来，也祝你的10月份带着丰收的幸福，成功的喜悦！”

小餐馆服务生端来了一大碗色泽明亮、红绿搭配甚是让人开胃的虾爆鳝面，香味立即扑鼻。马里和温晓钰都忍不住大吸一口气。

“喂，服务生，帮我们再拿一个碗来哦！”待温晓钰睁开眼睛想要个空碗时，忙碌的店小二早走远了。

“你不介意的话，我们就合着一碗吃吧，反正筷子有两双呢。”

当马里和温晓钰合吃一大碗面条时，离他们不过10米远的地方，小钟与卢卡在开心看着微博上的照片——都是卢卡的中国粉丝给卢卡拍的最新街拍照，还有色色的留言。

“哇，这社交网络太疯狂了！”卢卡啧嘴，摇头。

“德国难道不是这样的吗？”

“德国人没这么容易去追捧一个人——尤其是像我这样普通到不行的人。”

“嗨，你在德国普通，但是在中国就不普通了。你开朗，不怕吃苦，幽默，有正义感，而且还很帅……”

卢卡露出开心的神情：“你喜欢我吗？”

“当然喜欢啦，你知道吗，现在几乎全上海的女人都喜欢你了呢。”

小钟话没说完，果然一旁的餐桌上跑过来两个女孩子，冲着卢卡笑容灿烂地套近乎：“嗨，你就是前几天刷屏被刷爆的快递帅哥吧？”

小钟赶紧替代卢卡说是。

“我们可以跟你合影吗？”

卢卡还害羞，可是两个女孩子已经一左一右半搂抱着他。

小钟开心地为卢卡拍照，边拍边挤眉弄眼。卢卡坐立不安，手脚都不知该往哪里放。

两个豪放的女孩子走了，卢卡哭笑不得地转回头，说：“其实，我只要雪儿喜欢我就够了。”

就在这时，卢卡看到了旁边夜市摊上马里的背影，马里正与一个年轻女性一起亲密地分享一碗面条。可惜那女性并不是马里的女儿——他朝思暮想的雪儿。

42

上海，再见了！

这真是一个神奇的都市，在这里，什么都有可能，什么都可以去梦想。

在上海，可以得到最友善的友谊，也能感受城市黑夜里的孤独；可以去做一份最接地气最朴实平凡的工作，也能体会高空鸟瞰上海滩繁华盛景的震撼；可以享受最酣畅淋漓的奋斗经历，也可能会迷失在繁华的面貌中；可能会被偷光所有钱，但也可以突然成名；热闹、机会、开放、青春、包容、摩登、古典、欲望、征服……卢卡只在上海呆了三周，就感觉经历多得像在法兰克福待了三年。若他能在上海生活三年的话，不知会有多少精彩故事发生。

这是一片热气腾腾的土地，从清晨的第一缕阳光照射大地开始，梦想就照耀每一个窗户。

只是，在上海，要得到心爱姑娘的喜欢，对于卢卡来说，还是比较难。

看看，都要返回了，雪儿依旧不知道，他为追寻她，正处在同样的城市里，甚至，他们还曾邂逅在她童年的世界和时空中。

一切都因为，在他之前，雪儿的心里，有了一个先到的男孩。

所以，他必须要有耐心，耐心……

在浦东机场，卢卡戴着帽子，痴痴望着前面可以优先排队进公务舱的人群，雪儿，他为之心动着迷的姑娘，就在那不长的队伍里。一旁是她父亲，一旁是她弟弟。

同一个返回法兰克福的航班，但是，卢卡不敢上前去打招呼。

马里在进舱之前，取走了报刊架上让乘客自行取用的一份德文报纸和一份中文报纸。漫漫飞行11小时，读点报纸也是好的。年轻人已经用电子产品替代了印刷品，但是，对于马里这样年龄的人，书和报纸依旧是最舒适的读物。

在周围人的轻微酣睡中，马里开着阅读灯，读完了一本经济类的书，然后看看腕上的手表，喝了一杯气泡水后，又打开进舱前取的那份中文报纸。

马里看到了一张熟悉的面孔，还有一整版的报道——《爆红的德国快递哥》。

报道全是采用对话形式。

记者：你来中国干什么？

卢卡：我来看我心爱的女孩子。

记者：看到了吗？

卢卡：看到了。

记者：她呢？

卢卡：她没看到我。

记者：为什么？

卢卡：如果要保护她，就悄悄地保护。

记者：你来自哪儿？

卢卡：德国法兰克福。

记者：你在德国是什么职业？

卢卡：我还是个中学生，17岁。

记者：你经常这样旅行吗？

卢卡：欧洲很多，中国是第一次。

记者：你的旅资够吗？

卢卡：够的，尤其感谢我弟弟，他支持我来中国，把他所有零花钱借给了我。他一定羡慕我在中国的经历。他等着我回去给他讲故事。

记者：那为什么在中国打工？

卢卡：我的钱不小心丢了，小偷一块钱都没留给我，所以只好小小打工一下。

记者：在上海你开心吗？

卢卡：只要心放开，就天天很开心。

记者：当快递哥也很开心？

卢卡：开心，工作中有很多开心的事，每天吃好吃的，还有好同事。

记者：你觉得上海怎样？

卢卡：很美，很有活力，很有魅力。

记者：还会再来吗？

卢卡：肯定。

记者：不怕小偷再偷你钱？

卢卡：那根本不是事。

记者：你回去以后会怀念上海吗？

卢卡：肯定啊，而且太多了……我会怀念南京路热闹的大街，小街里卖白兰花的老太太，小餐馆里随你大声碰杯的服务员，很热情的、非常容易交往的年轻人，还有价廉物美的杂货店，深夜都有的路边美食摊。对了，还有跳广场舞的大妈们，地铁里的年轻情侣，都让我感到亲切，真的觉得上海充满生机活力，朝气蓬勃……嗯，当然，最难忘的，是我们这些骑着自行车穿梭在街巷里的快递哥朋友们。

记者：你有什么心愿？

卢卡：希望我的好朋友能实现他的愿望。

记者：好朋友也是快递哥吗？

卢卡：是的。

记者：为什么他实现他的心愿就是你的心愿？

卢卡：因为他想留在上海生活，而我，我的心，也留在了上海。

最后，报纸上写道，卢卡去了第一天去的文身店，恶作剧的小店店员向他道歉，店主亲自帮他去除了“清炒虾仁”中多余的三个字，然后在另一个胳膊上文了一个“爱”字，一左一右，一仁一爱。

卢卡很开心，卢卡与店主拥抱告别。

记者用这张照片当作这篇对话式报道的结尾。

马里微蹙眉头，用远超出一般阅读的时间，看完报纸。

然后，他把报纸折好，放进包里。

43

偷偷出走了一趟遥远的东方后，卢卡的日子回到了从前。

花园街一如既往地安静，在经历过上海的热闹喧嚣、迷人魅力以及不可置信的一段经历之后，卢卡一时都有点难以适应这种安静了。他甩甩脑袋，要甩掉脑子中关于上海的一切神奇，重新进入家乡的轨道。

弟弟照样是那个弟弟，老爸也照样是那个老爸。在卢卡回到家之前，汉斯就悄悄地给他打了招呼：事情败露，请哥保重。

卢卡回家，虽然依旧是轻装上阵，一个双肩包搞定，看不出来是出了一万公里的远门的样子，但是心里终有些忐忑。

米勒没有说什么，甚至都没向儿子问所谓法国古堡考察的奇闻轶事。卢卡心里明白，这么“装”的问题，老爸就免了，给自己点面子，老爸好歹也是大商场高管，懂心理学。果然，一顿晚饭后，米勒只是让卢卡早点休息，旅途回来肯定很累。

在回到自己的房间后，卢卡发现自己的书桌上多了一个漂亮的礼品盒子，好奇地打开，顿时张大了嘴巴——让他意想不到的是，盒子里竟然是一打避孕套！

还有一个信封，卢卡打开，是老爸写给他的纸条：

儿子，你已经长大了，就会面临身体的渴望。虽然我希望你是在

18岁以后才有“第一次”。但是老爸看多了报纸，知道一些数据。好吧，老爸就这样给你一个“过来人”的建议和劝告：为了保护自己，也为了不让你喜欢的女孩子受伤害，不要忘记使用它们。

爱你的老爸

嗨，这个老爸，根本不知道自己儿子的经历，乱搀和什么呀？！

法兰克福市五年一度的“外国参事”的选举开始了。

虽然没有像竞选市长州长那么复杂和规模宏大，但是，竞选外国参事的流程以及方式与其他的民主竞选方式都一样：参加各种活动，以显示对于本地文化的融入；做各种演讲，以表达自己的积极观点；在电视上接受各种访谈，以提高人气……竞选期间所做的一切，都是为了展示一个最积极状态、让人最具有信任感的政治人物。

在竞选名单里，马里是一颗新星。

首先，他是第一位来自中国的竞选者。

在马里之前，中国籍的外国人好像并不热衷于政治。或者说，外国参事作为没有实际职务也没有良好收入的虚职，回报只是社会影响力和荣誉感，三天两头开会不说，还没额外补偿，对于务实的中国籍外国人来说，常觉得如鸡肋。

其次，他是第一位真正有实力闯入最终名单的亚洲人。

在以往的外国参事竞选名单中，最终冲向成功的大多为欧美外国人，来自亚洲的候选者本来就不多，且更多时候是作为“陪练”的角色。但是马里出现了，带着一股清新的东方风，又有着西方人喜欢的做派和调调。他德语流畅，而且非常幽默。他有自信的眼神，而且身材很棒，很性感，各种运动都不在话下。更重要的是，他事业成功，热衷回报社会。

在首次亮相的记者采访中，一位素以苛刻著称的报社记者问：

“马里先生，您参政为了什么？”

“参政是为了公益。”

“我注意到，马里先生在近年开始积极做公益，不久之前成立了慈善基金会，那能否请问，您做公益是为了什么，为了参政吗？”

记者提问尖锐。

马里嘴角一扬，对着记者轻松地笑笑，说：“德国是我的第二故乡，我在这里生活，也在这里纳税，因为我对这个故乡有感情，所以也愿意为这片土地付出我最大的回报。您可以不喜欢我的肤色，也可以不喜欢我的成长经历，但请不要对我的情感有怀疑，因为，爱对我来说可以是无条件的，我不知您是不是。”

44

当马里回到家时，雪儿和小雨已经在餐桌前等候多时。餐桌上有个小蛋糕。

“抱歉抱歉，雪儿，小雨，今天爸爸回来迟了……”看到蛋糕的一瞬，马里突然大吃一惊，今天是谁的生日？

他眼睛看着雪儿，又看看小雨，好像都不是。

“爸，今天是您的生日呢！”小雨大喊着跑上前，抱住老爸，“姐姐不让我说，说要给你一个惊喜，你看，这是姐姐和我做的菜！”

菜的品相不算好看，但是是幸福牌的。

马里抱住一对儿女，不停地在他们脸上亲着，并道歉着：“对不起对不起，今天爸爸都忘了生日，爸爸今天实在太忙了，等忙过了这一阵，爸爸就带你们出去度假……对了，你们看看，这是今天的报纸，看到什么了？”

雪儿看着父亲的照片再次出现在报纸上，突然问道：“爸，你答应两星期后陪我去柏林参加青少年钢琴国际大赛，你不会忘了吧？”

“马里沉吟一下，取出手机，看日历上的备忘录，然后抬头愧疚地说：雪儿，真的很抱歉，那天晚上有个很重要的会议，然后有个竞选演讲，我可能不能陪你去了……但是，爸爸会找个朋友陪你去，一路上照顾你，好不好？”

雪儿听了，沉默不语。

她去给马里盛饭，放在餐桌上，轻轻地说：“爸爸肚子饿了，快点吃吧。柏林我一个人去，没关系，反正我都这么大了，而且柏林也很熟悉的。”

马里抱歉地看着女儿：“我让助理给你订最好的酒店……那天爸爸送你去机场，然后到时去机场接你，带一大束鲜花来接你，好不好，宝贝？”

雪儿笑了，尽管笑得有点淡。

卢卡又在雪儿的脸书上送笑脸。

“嗨，你好吗？”

经历中国之行后，他的中文长进不少了。

“好啊，你呢？”

“谢谢你的问候，我也很好啊。”卢卡再次奉上三张大笑脸。

“天气那么好，又听到你说好，所以我更好啦。”卢卡又主动搭讪，不想让雪儿断掉与他谈话的念头。

但是雪儿诉说着不愉快：“其实我不好。”

“你怎么啦？”卢卡赶紧问。

雪儿没回复。

“不开心的话，跟我说说嘛。”

好一会儿后，雪儿突然问：“你会为我的钢琴比赛加油吗？”

“那当然啦，什么时候？”

“那你关注一下两周后的国际钢琴大赛好吗，电视会直播的……我想，有人给我加油，我会有信心一些。”

“我肯定要为你加油啦，但不是电视前，而是去现场加油呢！”

“啊？”雪儿吃了一惊，赶紧阻止：“现场就别去了，法兰到柏林太远了，你还要上课呢。”

“没事，我请个假。”

“卢卡，这好吗？”

“对我来说，可以听到你最用心的弹奏，那是最美好的事情。”

脸书上没回音。

“卢卡，谢谢你。”又是好一会儿后，雪儿才回复了信息，并奉上了一束鲜花的动慢。

卢卡看了，大叫一声，实在是乐不可支。

45

马里的竞选照片出现在了很多社区里。

照片上的马里，身着高档西服，头发漆黑，笑容温和，目光清澈，是一个精力充沛的中年男子，帅气的相貌非常吸引异性的关注。

是的，竞选在一定的程度还真与“选美”有点相似，都要尽力吆喝，都要展示最佳一面，都要特别去争取异性的支持力量。

马里很快有了宣传团队，是由中方各个社团合作组成，将帮助马里协调各方面的安排。

在宣传团队的努力下，马里将在社区里作演讲，然后电视台将对马里作个现场采访，是电视直播。

雪儿订的前往柏林的机票就是那一天。但是，一个大麻烦出来了。

德国有两个很任性的交通伙伴，一个叫汉萨，一个叫德铁——说他们任性，是因为他们动不动闹罢工。

而且这种罢工，会把大批的乘客闹得很揪心，也很失望，当然还很生气，尤其那些早早订了票的、甚至把后续的旅游行程都安排妥帖的，一面临罢工，意味着全部乱套。但是没办法，最终都是“好吧，服了你！”“算你狠，你赢了。”“不指望你了，随你折腾吧。”因为，罢工是人家的合法权利。

三天前，汉萨贴出告示，三天后将有个48小时的罢工，国内航班全部取消，买好的机票可以退票，也可以改签。

雪儿的机票就在那个时段内。赶紧打电话改签，晚了一步，改签前一天的，所有航班都满了，当然后一天的就没必要改签了：比赛都要过了。

怎么办？

父亲是指望不上，因为那天有他的电视直播，他离不开法兰克福。雪儿一着急，几乎要哭了。她突然想起卢卡，当初卢卡说他也要去柏林现场的，不知他订的是什么票——若是早一天的机票的话，那是否可以转让给她呢——尽管这希望渺茫，但是也是办法之一啊。

雪儿给卢卡打电话，这是她第一次给卢卡打电话。卢卡一接到雪儿电话，满是惊喜。

“嗨，雪儿！”阳光满满的笑声。

“卢卡，我可能去不了柏林了。”雪儿的声音很沮丧。

不过，在卢卡这里，雪儿听到了一个最有安全感的信息：

“雪儿，别担心，我订了一张火车票……本来也想订机票的，但我查看航班，觉得机票太贵了，所以就订了张火车票，我把我的火车票给你。你肯定能赶上比赛的，你就放心吧。”

“谢谢你，卢卡！那你呢？”

“没事的，我再去订一张试试看。我肯定会去现场看你的比赛的，我要为你加油呢。”

其实，卢卡心中也清楚，此时再订上一张火车票的机会是何其微小。

但是，他有最后的办法——乘坐慢车，分很多的区段，转七八次火车，花一整天时间，也能从法兰克福抵达柏林。当然，那样的话，人会很累。

“卢卡，谢谢你，你……真好。”

“嗨，别这么说，能帮上你的忙，我很开心啊！”卢卡确实是满心地欢喜。

最后，卢卡订到了一张火车票，还是快车。但是，因为很多原先的飞机乘客转乘火车，法兰到柏林的长途火车的所有座位被预定光了，这意味着，若上火车后找不到极其有限的机动位子的话，卢卡全程要站着。

吃晚饭时，雪儿告诉马里，她的车票搞定了，让马里那天安心做他的竞选演讲和电视采访。

马里问是谁帮忙的。

雪儿说是卢卡。

马里不说话。

小雨听到马里的名字，突然对雪儿说：“姐姐，你知道吗，其实，在飞回德国的飞机上，邻居卢卡哥哥一直在我们后面呢。而且，暑假的时候，他也在上海，在保护你！”

46

钢琴比赛在卢卡格外亢奋的鼓掌中落下了帷幕——尽管他的鼓掌被湮没在一片掌声的汪洋中。

“雪儿，你，你太美了，我……我真的被你的琴声感动，觉得，真的好喜欢好喜欢你！”卢卡把一大束鲜花献给雪儿，语无伦次。

雪儿害羞地接过花，却躲开了卢卡的拥抱。

她有云哲。云哲和卢卡是不一样的。她感谢卢卡的付出，但她还是更喜欢云哲。

尽管被拒绝拥抱，卢卡却依然兴致高昂："我们终于可以放松了，雪儿，我带你去柏林玩玩吧。"

雪儿笑道："我都在柏林生活了一年多呢，我应该比你还熟悉柏林。"

"哇，这样啊，那你带我玩玩吧。"

"你想去哪里？"

"我们去迪厅吧，我们一起跳舞好不？"卢卡趁机提要求。

雪儿从没去过迪厅，但是她答应了。

卢卡如此帮助自己，钢琴比赛后不过就是一起跳跳舞，没什么的。

但是，在迪厅里，却发生了一件意外事情。

在卢卡和雪儿跳完几个迪斯科后，雪儿喝着软饮料坐沙发上休息，卢卡上洗手间。这时两个年龄稍微大一点的男孩子过来，一定要请雪儿喝一杯。

雪儿婉拒。

但是喝了酒的男生似乎不大高兴如此直接被女生拒绝，于是倒了一杯啤酒，要交换她手中的饮料。

雪儿恼怒，拿起包要换位子。

但是男生似乎就是盯上了雪儿，也许看她是外国人，有理也讲不清，于是照样跟上，嬉笑着说就是请雪儿喝一杯而已。

雪儿四处张望，但卢卡还没出来。她只得警告，若他们再缠着她的话，就报警了。

"我们不怕，因为我们是诚心邀请你，来吧，就喝一杯吧。"说着，小混混男生还上前去抓雪儿的双手。

见对方如此无礼，雪儿一巴掌打在男生的脸上。男生一愣，眼看彻底失面子，就一杯啤酒尽数泼在雪儿的脸上。

雪儿一声惊叫。

卢卡恰好看到这一幕，他飞身跑过来，冲着泼酒的男生的鼻子就是一拳，顿时沙发前桌子上的酒杯酒瓶稀里哗啦倒了一地。

众人一看乱了场面，立即报警。

而就在这时，雪儿不知何故，身体一软，摇摇晃晃地倒下了。

雪儿的突然晕倒把卢卡吓坏了。周围的人也吓着了。泼酒的男生醒悟过来后，一个劲地说："我没打她，是她打我！"

在把雪儿送进医院急救之后，医生告诉卢卡一个让人震惊的消息：雪儿怀着身孕。

47

马里第一时间飞到了柏林。

这简直是个晴天霹雳一样的消息！这怎么可能？雪儿和谁？

唯一的时间和机会就是在上海。那时，云哲在，卢卡也在。

卢卡应该不会，因为从情况分析，他暗恋雪儿，跑去上海看雪儿，但雪儿没回应他，甚至好像雪儿都不知道他在上海。那么就是云哲那小子了。

可是那小子有这么大的胆子吗？而且，那么娘炮的一个小男生，整天只知道弹琴，其他生活诸事都一头雾水的人，会懂男女之事吗？而且，自己把女儿保护和控制得那么严密，他们怎么可能会有机会呢？

那么就是回德国以后卢卡有机会了？德国孩子都早熟，也有很多的性教育机会和渠道，所以，甜言蜜语之后就上手了？

肯定是这样，德国的少年，就是这样缺乏控制力……德国报纸上的数字，一半以上的少年在18岁之前就完成了第一次。而且德国的很多场所，就是催生少女做出缺乏控制的事情，比如迪厅，这次就是，雪儿从小到大还从来没去过迪厅，这个卢卡，带雪儿来这里，就是心怀不轨……

这个荷尔蒙过剩的少年，自己不控制住自己，把第一次整到了雪儿身上，还不懂措施，生生让女儿怀孕，真是可恶！

怪不得这次他没法陪女儿去柏林，那小子就逮着机会一个劲往上赶要陪雪儿，都是别有用心！

马里疾步进医院。

一见到马里，卢卡惊慌失措。不知为何，这个中国父亲总让他有种威严的距离感。

“对不起马里，是我不好，我不该带她到迪厅里玩！”

马里冷笑：“对不起的就是这件事吗？”

“马里，不是我……我连亲吻都没机会过……不，连拉手都没有过！”卢卡立即解释。

马里狠狠瞪了他一眼：“我会搞清楚的，若是你做的错事，那我将自己动手教训你！”

卢卡几乎要哭了。

在医生办公室，医生告诉马里，雪儿是因为疲惫、心理压力过大、再加上惊吓所以产生类似心脏病一样的症状，胸痛，憋气，心跳杂乱，休息和调理以后会恢复——当然，她自己所不知道的怀孕而产生的虚弱也是让她晕倒的原因。

“她怀孕多长时间了？”马里皱着眉头问。

“7到8周。”

马里一算时间，就是雪儿回德国的时候。

他再次狠狠瞪着卢卡。

“雪儿，爸爸要问你一件事情，你如实告诉，不要害怕，爸爸会帮你解决的。”

“我……我怎么啦？”雪儿刚刚苏醒，神志还不是很清。

“雪儿，你是不是被强迫的？”

“强迫？”雪儿回忆，是的，她是被那两个小混混强迫喝酒。

她点点头。

“是卢卡吗？”

雪儿有点糊涂，是的呀，是卢卡救的她呀。她点点头。

怒火像蘑菇云一样瞬间大面积爆发。

马里走出病房，把卢卡拽着拉到外面，挥手就是一拳，把卢卡狠狠打倒在地，卢卡的一个牙齿立马崩了，满嘴是血。

旁边的人看了，大声惊叫，拦住马里，然后立即报警。

警察三分钟之内就赶到。

警察见是一个大男人挥手痛打一个没成年的孩子，眼睛里满是对马里的愤怒，但是卢卡安静地擦着不停流出嘴角的鲜血，对警察说：“没事，是场误会，解释以后一切都会好的。”

见当事人自己都没有投诉，警察虽然疑惑，但在取了卢卡的签字、警告了马里之后，依照程序，撤退了。

“你放过我，我不会感谢你，而且我并不会轻易放过你！”马里手指卢卡，铁青着脸。

48

医生走进病房，对着守护女儿的马里说：“胎儿一切都很正常。”

胎儿？雪儿困惑地看着父亲。

“雪儿，你怀孕了。”

雪儿瞪大眼睛。

“刚才我已经揍了那个小子。这种不会控制自己、只会伤害人家的混小子，到时候我还会继续找他算账。”

但是雪儿神情发呆。

“雪儿，雪儿你怎么了？”

“我……我怎么会怀孕的？”

“爸爸也想知道啊，这是什么时候的事情？”马里着急。

“那样，那样做，也会怀孕吗？”雪儿懵懂地只是一味重复这句话。

马里既着急又尴尬，很想了解卢卡究竟对雪儿做了什么样的侵犯，但是又怕伤了雪儿的心。

“雪儿，你说，这件事情，爸爸要不要报警？若真是侵犯，爸爸就顾不上那么多了。”

雪儿神情复杂地摇头。但是，又一句话都不说。

马里急死了。这究竟是怎么一回事啊？

“要不这样，雪儿，你若不方便对爸爸说，爸爸请医生来，你一五一十把所有细节跟医生说，医生会帮助你的，好吗？”

一个五十来岁的女性妇科医生来了。

在把马里请出病房之后，妇科医生与雪儿单独谈话。

马里在走廊上焦灼地走来走去。唉，这就是身旁有单亲孩子的难处啊，马里心里着急到几乎要落泪。此时突然怨恨起了简雪：她生下了女儿，却又没管上女儿，这样的母亲，真是让孩子伤心无助。然后又指责起自己：若雪儿遭遇到了什么心理阴影，那真的就是女孩子一辈子的事情啊……

用手掌拍打着自己的脑袋，马里心里痛苦，几至落泪。

不知多久之后，医生走出雪儿的病房。马里立即迎向她。

“马先生，我们去办公室说话。”

马里的心咚咚地跳着。他害怕，他最害怕的就是：那混小子对女儿的伤害等级，不知是不是最高级别的，是不是强迫，是不是甚至用上了迷药，是不是期间还有变态，是不是……天啊，不知女儿的心理，会不会留下终生的后遗症？

马里闭上眼睛，从来不相信上帝的他，不由自主双手合十在胸前，祈祷情况能稍微好一点。

在医生的办公室坐下后，马里紧张地盯着医生，不知她的嘴里会迸出什么样的惊人信息。

医生神情复杂，平静一会儿后，告诉他：“马里先生，您应该给您的孩子补一些生理学上的知识，有的事情，还是比较直白地让她受教育比较好——当然，那个男孩子，也不太懂。”

究竟是怎么回事？

“这么说吧，两个孩子，都没太懂男女之事，但是，两人约会，正常的生理反应出来了。然后男孩子请女孩子利用手来帮助，异性的抚慰让男孩子尝到了从没有过的快感。在男孩子的感染下，女孩子也让男孩子在手的辅助下，品尝了不是正式的第一次的欢愉。而在此期间，虽然没有出现体内射精的过程，但是不排除精子在抚慰过程中带进了女孩子的身体，导致了精子和卵细胞的结合——虽然这样的几率犹如中乐透大奖，但是，确实是存在这样的几率的。”

马里听了，傻愣在那里。

接着，医生的神情马上变得严肃：“我得到的信息，好像这个胎儿，不是两人特意想要的，相反是一次意外的产物，这让我感觉很遗憾。本来，任何一个生命的诞生，都应该是认真考虑后的收获，是上帝垂爱而赠送到凡间的礼物，是会让做父母的欣喜若狂的。但是，可能这个生命，在你们这里将是意外的到来。作为医生，我得重复一下：胎儿是没有过错的，而且胎儿很健康。希望你们能善待它。”

马里恍惚在那里，好一会儿没回过神来。

“马里先生？”医生看着他的脸，提醒他。

马里终于回过神来。

医生有点不满，但是不便指责，于是就用格外冷静的语气说：“马里先生，我还得提醒一句，作为家长，您有义务让自己的孩子接受一些性教育。这样，女孩子更能保护好自己，也会更好地对自己负责，对社会负责。”

马里点头。

医生示意对他的谈话时间结束了。

马里恍然站起来，正待离开，又突然回头问道："那男孩子，是谁？"

"这我不知道，这个您应该自己去问您女儿。"

"他说，他说，他，他会控制好自己的，他说，他就是用手碰碰……我怎么会怀孕的啊？"雪儿盖着一张薄毯子，用手包着脸，既有羞愧，更有恐慌，她不敢看父亲的脸，只喘着气，断断续续地说。

"是什么时候，是谁？"

"在上海的最后一天，是……是云哲……"雪儿低埋下头，不看她父亲此刻的神情。

"是云哲？！"马里发出一声巨雷般的叫嚷。

49

马里的一股憋屈之气不知该向谁发泄。

从柏林回到法兰，他联系了云哲的父母，云哲父母都是公务员，以儿子为最大骄傲。在得知雪儿怀孕的消息后，俩人立即撇清自己儿子的干系。

"我儿子才17岁，怎么可能做这样的事情呢？"

"我家儿子确实与你家女儿见过面，这见面也是你同意的，而且是在你监视之下见的面。接下来，我们也都不知道了啊……"

“你再问问你家女儿，毕竟，你家女儿在德国，交往的朋友也肯定不止我儿子一个……若是我家儿子，我们负责任，若不是，那跟我们有什么关系呢？”

……

这样的态度让马里火冒三丈，甚至想立即飞回中国找那个不懂事的混小子以及这对不负责任的父母当面对质，必要时就找个方法教训一顿。

做过的事情，终能得到证实。

在从自己儿子那里确认了俩年轻人有过不同寻常的肌肤之亲之后，这对公务员父母傻了眼，然后小心翼翼地开出了价码：

“我儿子不懂事，做出的事情伤害了你女儿，我们替孩子向你们一家道歉，我们愿意补偿10万，给孩子一些营养……”

马里一声冷笑：“我稀罕你们的10万吗？这事是要你家儿子担负起责任来，当着雪儿的面，说清楚未来他要怎么做！”

“未来？这样的小孩子，哪里知道什么是未来啊？他们还根本没能力考虑未来呀！”

“没法承担未来的责任，那当初干嘛做这样的事情？”

“天啊，马里先生，这种事情，不是一个巴掌能拍得响的，若只是我儿子的单相思，那也做不成事的呀……”

这话简直像一个巴掌打在马里的脸上。

“行，若你们不能面对的话，那我来中国，我直接找你儿子的学校……”马里咬着牙说。

“别别别，马里先生，钱不重要，孩子的前途最重要。这样，我们愿意赔偿30万，我们一起好好处理这个问题，好吗马里先生……而且说句实在话，女孩子的名誉其实更要紧，孩子还这么小，才17岁就怀孕，传出去多不好，我们可以帮你们联系这里的医生，医院的事情一切都由我们来搞定……”

这简直是赤裸裸的要挟，面对这样的父母，马里简直要气炸了。

“我需要同您的儿子亲自交谈。”马里努力在电话里不让自己爆发出来。

电话那头的父母吓坏了：“有事情就同我们大人商量，找孩子，孩子懂什么呢？我们云哲知道出了这样的事情后，他也已经吓坏了，这两天都吓得不敢出门，连琴都弹不了了。马里先生，我们都是做家长的，都有疼爱孩子的心，您的女儿受伤害，我家儿子也是，我们大人尽力补偿，但是千万不要再伤害到孩子了，我家云哲本来就胆小，现在更是，真的是吓得要死……”

吓得要死，对，17岁的少年一听说自己在暑假期间弄出了一个孩子，当然是吓得脸色发青，话语也说不清楚。他怎么敢接马里的电话？

眼下的情形就是这样……马里憋屈至极，但是又有什么办法？是自己女儿没有保护好自己，现在还能怎么做？只能尽力补救吧。

马里决定让女儿回国流产。打胎的事情，最好还是在国内做，女儿的未来还要在德国生活呢，尽量别把这种不清不楚不清不白的记录留在德国。

他在网上迅速订好上海最好的妇科医院，预约最好的病房，然后订了两张头等舱机票——这次，他怎么都要陪女儿回去，且寸步不离。

但是，发现怀孕后一直乖巧惭愧的雪儿，却突然违背起了马里的意愿。

“爸，我不想去中国。”雪儿对父亲说。

“你说什么？”

“我不要流产。”

“啥？”

“我要生下这个孩子。”

“这怎么可能？你想都别想！”

“不，我就是要生下这个孩子！”

“为什么？究竟为什么？”

“我爱云哲，我喜欢他，我生下的小生命，肯定也会有双弹琴的手。”

“这与弹钢琴的手有什么关系？”马里感到不可思议。

“因为云哲会弹琴，他的孩子肯定也会弹琴……”

“弹琴弹琴，就因为云哲会弹琴，所以你喜欢他？就因为你觉得云哲的孩子肯定也会弹琴，所以你要生下这个孩子？这真是乱弹琴！”

马里气急败坏。

见父亲不同意，也不理解自己，雪儿索性就不再开口。

马里才施压一天，就不得已软下来了：因为雪儿的身体状态不比平日。

受妊娠的生理反应影响，雪儿吃什么吐什么，虚弱无力，脸色呈现出一种蜡黄色，坐不了几分钟就喊累。看女儿这样的状态，马里心疼，不能打压也不能说重话。

马里苦口婆心：“雪儿，你说，云哲有什么好，就让你死活觉得是真爱？你才17岁，就口口声声说他是你的唯一，你的美好日子还长着呢。”

雪儿低着头。

“你看看镜子，本来你是多么青春靓丽的一个女孩子，为了一个男孩，如此作践自己，值得吗？”

“我就是喜欢他呀。”雪儿低低地说。

“为什么喜欢？”

雪儿不说话，好像藏着秘密与心事。

“雪儿呀，你说呀，你究竟怎么想的？”

“爸爸，我要说出心里话，你不要怪我。”

“我不怪你，我检讨我自己。”

“爸爸，其实，我小时候，开始并不爱弹琴，但是，爷爷奶奶总是说，爸爸为了我练钢琴，吃不饱肚子也要给我买一架钢琴，我知道爸爸苦，爸爸也是为我好，所以，就特别想练好琴，每天做梦都想练好琴……那时，练琴真的好苦。但是，我是没有很好的天赋的，所以，除了自卑自己练不好琴，就特别特别崇拜有弹琴天赋的人……

“我很努力地练琴，终于感觉慢慢出来了，但是我终究不是最有天赋的。后来，云哲出现了，他是被所有老师称赞的、最能弹出音乐家感觉的人，我就特别仰慕他……爸爸，我好几年做梦都想成为弹琴弹得很好的人，这日复一日的梦想让我产生了一种心态——我会心甘情愿被有神奇才能的人吸附和召唤，成为他的追随者。只要有个弹琴厉害的人，我就会崇拜他，爱慕他，他就会成为我的核心，我的主人……

“爸爸，我也知道这种仰慕，是长年累月的枯燥练琴逼出来的，因为弹好琴是我最大的人生所求，而有好天赋，就能很容易地弹出一手好琴，但我知道天赋太难得了……我和云哲之间，更多是精神上的仰慕，是我追随他，爱他。这若不是真爱，那还有什么才是真爱呢？

“现在，突然，他的才能像种子一样，意外地撒播到了我的身体里，我就不想再失去了。爸爸，才能真的是非常非常难得才会出现的，只有有才能的人才能吸附住我，请你成全我，我一定要留下这种天赋，算是留下我的爱吧。我有了这个孩子，才会长久地拥有云哲……

“爸爸，我爱云哲。他确实是油瓶倒了也不会扶，他确实不会换电灯泡，但是他有才啊，我只爱他的才能，他的才能会让我迷醉和幸福，因为这是我没有的……你说，这感情，不带钱也不带其他附加物，难道不是真爱吗……”

泪水涟涟的雪儿对着马里，既语无伦次，又是真心托底，对着父亲合盘说出了她的心里话。

马里听得目瞪口呆——这个看着如此正常美丽的女孩子，这个一坐在钢琴前就那么优雅的女儿，原来多年来忍受着学琴的煎熬，这种煎熬甚至固化了她选择男朋友的思维！

这是不是一种压抑的变态？

马里被这个想法吓了一大跳。

50

马里终于发现，自己把女儿带进了弹琴的美好生涯，同时也把女儿带入了偏执的幽暗境地。

自己本来就没看好云哲这小子，可没想到云哲竟然比预想的还要不堪——他是如此扶不起来。

马里有苦难言啊！

好吧，年轻人谈恋爱，大人是少干涉为好，但是，总要帮着女儿把把关，找个靠谱点的人吧？

口口声声真爱真爱，但是她真爱的那个人，在她出了这样的事情后，别说男人的责任感，根本就连最基本的体恤和怜惜都没有！

马里没办法，女儿是这样的状态，茶饭不思，一吃就吐，心情苦闷，没人安慰，自己已经不能再给她压力了，只希望在雪儿心中比天还大的那个少年能好好劝慰一下她，给她一些帮助，帮她挺过难关，不是说情人的力量是最大的吗。不然，看看雪儿的身体，真的半条命都要没了。

马里多次给云哲父母打电话，要求云哲自己与雪儿谈谈。两个月前，俩人还是恩恩爱爱挽着手，在一起吃冰淇淋，一起弹钢琴，一起看月亮，一起说梦话，搂抱在一起说着好听的幸福。但是，不足两个月，听闻一方出事另一方就吓得躲起来了。

雪儿精神状态不好，还念念不忘云哲，若云哲陪她说说话，对于她的心灵也是一种慰藉。

若按马里以前的脾气，真要打个飞的飞过去兴师问罪，甚至不惜以身试法狠揍那小子，可是现在他有求于那小子啊——他的女儿雪儿离不开那小子。

雪儿现在处在被爱情和病体折磨的关头，若有情人的鼓励，她的心情会开朗很多，食欲会增加，身体也会转好，那时，他马里再做进一步的思想工作。哎，这迅猛而来的爱情，真比得上自己十多年来的无私关爱？马里摇头，不是滋味。

但是，为了让雪儿身体恢复一些，他这个当父亲的，只能这样低声下气地求人家

总算，在马里的强烈要求下，云哲的父母答应，让云哲和雪儿通个话，大人都回避，让他们谈谈各自的想法。

孩子是肯定不能留的。

云哲的父母这样强调。虽然对方的语气让他反感，但马里也是这样想的。

不过眼下，马里更关心、担心的是雪儿的身体。让云哲给雪儿一些安慰，让雪儿心情愉快一些，胃口好一些，然后再说打胎的事。不然一口一个真爱，却连啥是爱都不知道——马里为自己家的这个傻小姐感到不平和无语啊。

电话里，云哲终于答应同雪儿聊聊。但他要求家长都回避，要求不录音，要求有个宽松环境……提了一大堆要求。

马里听着电话里云哲犹犹豫豫没担当的声音和语调，心里就是一阵厌恶，可是却要奉他为救治雪儿的神丹妙药。

雪儿一听可以与云哲视频倾诉，立即喜笑颜开。她神情愉快地坐在了沙发上，等待着男友的来电。

约定的时间到了。电话没来。

雪儿的等待变成了折磨。

很久过后依旧没等到情郎的电话。

原先说好的让两个年轻人通话的安排，又被云哲的母亲在最后一刻给变卦了。

“马里先生，我们云哲……说，压力太大，还是不同雪儿通话了，他希望雪儿手术平安，我们也都希望雪儿尽早恢复身体……我们全家商量后一致决定，给雪儿办一张银行卡，里面存50万，是给雪儿的补偿，等您回国，一定交到您手上……”

“混蛋，没责任感的混小子！”马里愤怒地挂掉了电话。

“雪儿，这就是你眼中的真爱，你看明白没有？！一个男人，他懒一点，油瓶倒了不扶，说是有保姆会扶，成，我认了；不够能干，不会换电灯泡，找个钟点工做，成，我也认了；身体像个豆芽，说是阴性美，虽然我感觉恶心，但还是认了，因为每个人的审美不一样。但是，雪儿，我告诉你，若他对你不闻不问，他对你没有一点歉意表示，他对于你的伤痛没有怜惜和内疚，在他的心里你就是一个可以随意丢弃的一次性碗碟，那么，雪儿，你的再怎样风花雪月、惊世骇俗、惊心动魄的真爱付出，都不过是一堆破棉絮，因为这样的男人太冷酷了！你醒醒吧，雪儿，醒醒，好不好？”

马里已经不管雪儿病不病了——这病是她自找的，只能自己治好，治不好，就随她去了。

雪儿没等到云哲的电话，傻坐在沙发上，不说话，只流泪。

云哲的绝情和不负责任让雪儿痛哭了一晚。

这反而是一剂良药。当痛哭完毕时，也是痛苦结束时。许是没力气了，雪儿竟然吃了满满一大碗面条。

这样也好，当断就断，也是一个让雪儿反思的机会：人都这样了，还为他生孩子，有意思吗？

“先终止怀孕，好好保养，修复身体，你依旧是纯真美丽的少女，可以继续你的生活和梦想，想弹琴，想考大学，想旅游，想谈恋爱，都可以。”

“宝贝，留得青山在，不怕没柴烧，只要身体好，走错的弯路重新走回来，接下来的道路依旧是鲜花铺地。”

马里拿自己的经历给女儿讲励志故事：“雪儿，你看看，你的爸爸，其实真正的人生起步是从36岁开始，可36岁也不迟啊，以往的失败和挫折都是爸爸的财富。从整个人生的角度来看，你现在的失恋什么的，都不是问题，你依旧有健康美好的爱情，相信爸爸的人生经验！”

马里甚至为女儿预想了未来的男朋友：一个可能不爱弹琴但是热爱运动的小伙子，会天天带着雪儿跑步；一个很阳光很热情的小伙子，每天都会咧着嘴笑着：“嗨，雪儿，见到你真高兴！”；一个很有胸怀的小伙子，就算被误解心里委屈，也会继续关照雪儿；一个有着很多年轻人经常有的毛病，但是，一旦在雪儿需要的时候，他就会放下一切，赶到雪儿身边，他心中有责任，有爱，有热情……

稍等，这不是卢卡吗？

马里为脑袋里突然跳出卢卡的面容大吃一惊。

他甩甩头，甩掉卢卡，继续给雪儿上课。

雪儿默默地听着。

“雪儿啊，爸爸的婚姻经历得不好，所以尤其希望你有个美满幸福的家。爸爸这一代，承载着很多经济压力和精神压力，但是到了你们这一辈，爸爸已经替你们打下了充实基础，你们所做的，尤其是你作为女孩子，就是没有后顾之忧地去追求梦想，过体面的生活，实现自己的价值……在爸爸的心里，你永远是个公主，公主就是要被捧在手心的，公主就是一直那么美美的，公主就是被鲜花和掌声围绕的。而泪水、忧伤、迎合、孤独、屈辱、被抛弃……这些不好的东西，爸爸来帮你一一清理，让你重新成为公主！”

这一整天，马里苦口婆心，励志的演说讲了无数，但雪儿始终一言不发。

卢卡来看雪儿，手里带着两本书和两张光盘。马里默许他进入雪儿的房间。

马里很愧疚，他误解了卢卡。那天那愤怒的一拳打崩了卢卡一颗门牙，这两天卢卡都带着临时的塑料假牙，不然说话都要漏风。

马里说他来承担补牙费用，让卢卡去挑选一颗最好的牙齿。

卢卡平静地说，没事，他有医保，保险公司会支付的，现在重要的是雪儿的身体和心情。还说他特意挑了很轻松有趣的书和电影光盘来看雪儿，希望能让雪儿放轻松些。

马里感谢卢卡的细心。此刻再没其他人能安慰雪儿了。

“嗨，雪儿！”卢卡进了雪儿的闺房，脸上是一如既往的阳光。

雪儿脸上露出一丝苦涩的笑。

卢卡紧紧地搂抱了一下雪儿：“你的脸色真不好。”

“我怀孕了，好难为情。”

“这没什么啊，以前我们学校有个女孩子，也是17岁，意外地怀孕了，医生征询她的意见，她说想生下孩子，学校很支持她的决定，帮她争取各种社会福利——当母亲是每个女人的权利。她在肚子大到不能上课的时候就休学一年，一年后重新上十三年级，后来上了大学，孩子由她父母帮带着。我看都很好的，她很开心的。”

“是吗？所有人都支持吗？孩子的爸爸也是？”

卢卡点点头：“是的，爸爸也是年轻的学生，后来他们在同一个大学里读书。孩子现在三岁，上大学里的幼儿园。每天他们上完课，就去幼儿园接孩子，很有趣的生活！”

雪儿：“班里的老师和同学不会排斥她吗？”

卢卡：“不会啊，因为这是正当的权利，大家都会尊重别人的选择。当然，那女孩子肚子开始大的时候，同学们都会好奇，会问她肚子里有个小宝宝是什么感觉。虽然他们大都经历过自己的妈妈生弟弟妹妹，却没经历过同学生孩子，很是新奇，但是，绝对不会排斥她。”

“但是，”雪儿低低地说，“我爸爸不许我生下孩子。我的男朋友……前男友也不想要这个孩子。”

“哦，这可真是一个残忍的决定！”卢卡善良的眼睛里闪着悲伤的目光。

雪儿低头不语。

“雪儿，你是怎么想的呢？”

“我很害怕……”

“害怕什么？”卢卡紧张地看着她。

一行眼泪从雪儿的眼里流淌出来。

卢卡慌了，赶紧上前拥抱住她。

“雪儿，我能帮你吗？你有什么害怕的，请你告诉我，我一定会尽我所能地帮你。”

“你说，我能要下这个孩子吗？”

“为什么不可以，只要你自己决定要，又能争得你父亲的支持，就可以要了。不然，你会很辛苦的。”

“可是，若我不要，我的心会很苦的。心苦比辛苦更让人痛苦。”

卢卡看着雪儿的眼睛。

“我的童年，很孤单……但是这没关系，我有个好朋友，是一条金毛狗狗，金毛狗狗陪伴了我多年。在我10岁的时候，金毛怀孕了，她生了6个孩子。当时，我的爷爷奶奶没法抚养那么多小狗狗，就逐一把小狗送人了……那段时间，金毛每隔一段时间就发现少了一个孩子，每隔一段时间就少了一个孩子。金毛的智商是很高的，也是很重感情的，它们是人类最好的服务犬和导盲犬，你可以想象金毛妈妈每次丢一个孩子的疑惑表情和痛苦心情。到最后，金毛妈妈只剩下一个孩子了……”雪儿跟卢卡说着以往的故事，声音哽咽，仿佛悲伤的情境又回到了眼前。

“她非常关照那个孩子，几乎一刻都不离开孩子。但是，爷爷为了骗开金毛，就让我带着金毛去菜市场买骨头，我不知道是爷爷的小计谋，就带着金毛去了外面买东西。在回来的路上，金毛就不对劲了，她飞跑回家，发现家里的狗窝里面已经空了，她最后的一个孩子也丢了……”

雪儿这时泪如雨下。“金毛发现没了孩子，就发疯一样出去追寻，我想她肯定闻到了孩子的味道，她一瞬间就上了马路。我也跟着去看，这时，就是这时……一辆车子过来，对着金毛驶过……”

雪儿已经泣不成声：“卢卡，我觉得，是我让金毛过得那么悲惨，让她失去最后一个孩子，同时也让她为了寻找孩子而失去了自己……她被车子压过，五脏崩裂，几乎成了一个平面。所以，我后来再没养过狗狗，狗狗失去孩子的那个场景，会让我的心破碎……卢卡，你知道吗，这也是我不想失去我的孩子的原因……

“卢卡，其实，若知道最后的情境会那样，爷爷也不会把最后的小金毛送掉，无非是多一条狗，为养活它，大家吃得差一点，但是不会心碎。可是，有时候，事情的发生，就是再也没有后悔的机会……卢卡，我不想失去任何一个我关照过的生命，因为，每个生命都有一颗心，一颗碎了以后就再也恢复不了的心……”

卢卡紧紧搂着雪儿：“雪儿，我理解你，你很善良……但是，你要知道，生养一个孩子是很累人的，很多支持你的人，其实都只是精神上的支持，真正生育养育孩子，只有孩子的父母。何况，你的男朋友并不支持你，那样的话，你就更有负担了，你能先考虑到这些吗？也许正是这样的原因，你父亲才不想让你受苦……”

雪儿：“我想不受苦，但我更不想失去孩子，那会是更大的受苦；我想被保护，但我也想保护比我更弱小的人。”

卢卡听了雪儿的话，沉吟好一会儿，说：“雪儿，我很想来保护你。”

51

法兰克福的外国参事竞选已经到了白热化的程度。

在竞选支持团队的帮助与合作下，马里一路遥遥领先。一来是中国外国人的基数本身就大，一经发动，就有好几万的潜在支持者；二来，因为做公益事业，马里在法兰克福也被其他国家的外国人接受。

不过，新人总是要被旧人提携才能更多地被社区选民接受。所以，作为竞选者，跟随还在任上的外国参事们尽可能多地参加一些国际间的交流活动，是最好的展示方式。

但是，马里已经连续两次缺席了这样的活动：一次是泰国的一个文化节；一次是中国的佛教交流活动。

没有频繁的露面就没有被报道的机会，没有被媒体报道就不容易被人记住脸和名字，何况，原本答应好的出席活动却几次缺席，这让竞选团队的支持人员感到情势不对，以为马里过于自大。

马里百口莫辩，这家里的事情，他必须关起门来解决，没办法向别人倾诉啊。

支持团队的协调人交给马里一份工作表，当务之急的一个活动，是去法兰克福一所著名的中学——歌德中学，用他中国家长的身份，给德国中学里的学生做个文化交流报告，同时与那里的学生互动。

“什么时候？”马里问。

“明天下午。你可别再推掉了啊，人家中学生想与你探讨几个问题：为什么中国的中学生那么优秀？中国学生的优秀是不是可持续的？中国学生比起德国学生有什么不一样？……你做些准备，别被德国学生问倒了！还有，报纸教育栏目的记者也会去现场采访。”

马里笑了：没问题，我晚上准备。

不愧是马里，见过世面。

歌德中学的学生们为这个见面活动做足了准备——倒不是准备在硬件上。硬件条件很一般，没有横幅，没有茶水，没有西装出彩的主持人，就是一堆T恤牛仔的年轻人，聚集在一个大会议室里，说要与来自中国的、有着独特教育理念的马里先生探讨探讨。但是，当年轻人的提问一出，马里就知道，这个互动，实在很有料。

歌德中学一个16岁的少年率先发言："马里先生，两年之前，我对你们中国的中学教育水平还没有概念，但是自从我们得知了最近几年的"比萨测试"考核成绩，我们有种不得不服气的感觉。我想请马里先生介绍一下中国的中学生的情况好吗？因为对于好的和积极的竞争对手，我们不学习的话就会更落后！"

马里喜欢阅读德国明镜杂志的教育栏目文章，他也知道"比萨测试"（Programme for International Student Assessment，国际学生能力评估计划，简称PISA）这个评估15岁中学生的数学、科学以及阅读能力的国际化综合性测试。在前几年，德国的成绩可谓颜面尽失，德国中学生的能力比中国学生低了几乎两个学年，在32个国家中名列21；稍微有点安慰的是，在最新一年的评测中，德国已经从65个参赛国家（地区）中上升到了第16名，而中国上海名列第一！

德国人从小孩开始就崇拜强者，来自优秀中学的孩子更是如此，第16名对比第一名，差距够大的。

马里笑着说："我不从教育体系来探讨，我只从家庭教育方式来探讨一下。因为在家庭教育中，我觉得我有可控的力量，或者说，所有中国家长都有可控的力量，这力量在于：他们愿意集中全家族的资源来为孩子的教育进行投资。我相信，中国家长的这种付出，会比德国家长更为迫切以及更有力度。"

"马里先生，您能否详细说说？"

"这么说吧，当我一个月才挣1000马克的时候，我有400马克的支出是用于孩子的钢琴和小提琴教育。也许有人会说我的支出非常畸形，但我想说，孩子受教育的最佳时间是有限的，我不想错过那个时间。而且，教育就是要有投资的，我可以在自己身上省尽一切，但绝不会在孩子的教育投资上少一个马克！同时，我也承认，我是个虎爸，我让孩子必须当天的功课当天完成，哪怕是深夜12点也要完成。而我自己也可以做到每天只睡5小时，在打完自己的工后督促孩子完成所有作业。我这样做是因为：不学习，就荒废，少时不努力，长大就后悔。我不想给孩子后悔的机会！”

学生中有窃窃私语的声音，也伴有崇拜的目光。

“您的孩子会反抗您吗？”

马里笑着说：“我可以想象，你们16岁的孩子的衣柜里，肯定既有正装礼服，也有T恤牛仔裤，既有时尚时装，也有简易外套，而且你们也知道，在不同的场合不同的时间段里，应挑选最合适的衣服来穿。同样的道理，在生活的不同时空里，我会陪着孩子游泳打羽毛球，让他们尽情运动嬉戏，可能那时我是可亲的；我也会在孩子生日派对时，给他们最大的自由和乐趣，可能那时我是像朋友一般的；我还会在博物馆里，充当一名合格的讲解员，让孩子了解父亲也在努力求学；而当我是学习监督员时，我肯定是一名严厉的老师，不能让孩子有一点懈怠的念头，因为学习才能给人生创造最有力的力量，我不允许孩子有荒废、放弃、懈怠等念头。”

虽然有录音笔，但记者还是在快速记录着。

“我会在不同的时空扮演不同的角色，但是，我肯定不会给孩子以生硬残暴的命令和强迫，因为我知道，这在德国，不被允许，还会有麻烦……”

众人听着马里的补充，会意地笑了。

“从您作为中国父母的角度，怎么看待德国父母的现状？”

“无可否认，现在是一个迅速改变着旧面貌和旧秩序的知识社会，而且知识的更新日新月异，昨天足够好的东西，到了明天就变得不那么好，所以，我们当父母的，要警惕这种陈旧的秩序感。我的感觉，德国父母是不是仗着有科技底子，有点悠闲了，也有点大意了。我觉得在享受生活悠闲的时候，更要有对知识的敬畏，要有压力和紧迫感，不然，等到孩子什么都懂而自己什么都跟不上时，是不是会难为情呢？若不介意，我说个真实现象，相比来说我觉得中国的父母更积极一些，他们会在四十来岁时依旧不间断地学习。父母是需要学习的！父母甚至需要向孩子学习！”

……

一个半小时的互动结束。马里赢得了很多次的掌声。这批十六七岁的年轻人，正处在叛逆的阶段，叛逆自己的环境，也叛逆自己的父母，当捕捉到马里的一些“反秩序”的独特声音时，自然热情多多。

“嗨，马里，你不仅是优秀的商人，还是出色的经纪人，还是演讲者，甚至还是教育者！当然，你以后肯定是值得信任的从政者！”

记者拍完照片，不停地在旁边记录马里出口成章的句子，而一旁的竞选团队支持者，则毫不掩饰地夸奖着他。

马里疲惫地回到家里。唉，家外的事情好处理，家里的事情，就难处理多了。

几天没看邮箱，电子邮件一大堆。

邮件里有一封是温晓钰的，说自从马里回德国后一直没联系过，不知马里是否很忙，她刚从青海旅游回来，分享一下青海的无边美景，然后又询问马里的竞选情况，希望他心想事成，事事顺利。

马里打开附件，看到了几张很不错的风景照，最后一张是温晓钰穿民族服装骑牦牛的照片，笑得倒是灿烂。马里叹了一口气：心想事成是一种理想状态，若人生就是一个人的打拼，说不定还容易心想事成。可是身旁有惹是生非的小主，怎么能事事顺利啊。这个温晓钰还是个大龄单身青年，一天到晚吼着找主找主，可真到找了主了，看她还能不能这么潇洒！

不过，对于这外国参事的竞选，马里倒是觉得游刃有余，好像他生来就有这种在众人面前轻松演讲的口才，看看今天的现场演讲和交谈互动，再看看那些学生的反馈，以及陪同者和记者的反应，马里知道这又是一场成功的自我展示：等着明天的新闻照片和报道吧。

马里关闭照片附件，然后给温晓钰回信，说他确实很忙，但是他期待着10月份的见面，也期待着10月份有份人生好卷子能够轻松答完。

马里确实期待10月——甚至有些像新郎期待婚期那般的恳切与热情。

终于忙完了所有事情，包括该回复的邮件都回复了，本周要做的事情也都了解和浏览了一下，尤其是第二天的重要会谈也做了预习，一切都是胸有成竹。看看手表，已经是凌晨1点，刚想关闭电脑，突然想起一件最重要的事情——

马里立马给航空公司写邮件，再次改签了机票。是的，这事必须在近期之内完成掉。胎儿的成长是很迅速的，若超出一定的时限，流产对雪儿的身体会带来越来越大的影响。

这些天，经过这么多的苦劝，应该让雪儿回心转意了吧——不管了，不管她是不是还有其他想法，这肚子里的小孩儿就是不能要。

52

第二天，当马里告知雪儿，两天后他陪她回国做手术时，雪儿再次告诉他：她还是想生下孩子。

马里几乎要晕倒。这是个多倔强的女生啊？是不是拿自己的未来开玩笑啊？

马里耐住性子，想与雪儿心平气和谈一谈。

马里问："为什么还是要留下孩子，要知道你自己还是个孩子。"

雪儿沉默了一会儿，说："我的生活我想自己来决定。"

马里一听这话几乎就要火冒三丈。他还是压住火气，努力平静地说："决定？你觉得你的生活能自己决定吗？就你现在17岁的年龄，能决定吗？能签字吗？"

马里举了个最简单的例子：他买大别墅，付了三分之二房款，剩余三分之一用银行贷款，原本他想在房产证上写上两个孩子的名字当作给孩子的未来礼物，但是因为没有付清全款，房产证上不允许写上未成年人的名字。就是这样，未成年意味着被保护，同时也意味着丧失自己生活自己决定的权利！

"你看看，法律上连签字的权利都没有，怎么可能一切由自己决定？笑话！"

马里不屑地否决了雪儿的理由。

雪儿先是低头沉默，然后背过脸去，想擦去脸上的泪水，可是擦着擦着，眼泪越来越多。

马里疼惜地去搂住雪儿的肩膀。

雪儿终于发泄出来："爸爸，这次，我想要这个孩子，不是为了云哲，我是为了自己，我想要这个孩子，我放不下他……

"爸爸，我也想过正常女人的生活，有个很优秀的男朋友，谈恋爱，努力奋斗事业，结婚，买房，生孩子，陪伴孩子，与家人在一起，和爸爸在一起……可是，现在我有一步走错了，顺序倒了一下，一个孩子提前来了。要我把他毁灭掉，爸爸，我舍不得，我做不到，我已经对他有感情了。这个孩子，很健康，昨天我去做体检，我都听到他的心跳了。真的，那感觉，突然就觉得，我真的放不下他了……"

雪儿说着说着，眼泪更是成串地掉落。但马里的神情很冷静。

他抱着雪儿的肩膀，等着她平静。

待到雪儿的哭泣声终于平复一些后，马里说："雪儿，我理解你，但此时的你是感性的，不是理性的，你只看到了失去孩子以后的尖锐痛苦，但是，你并没看到人生走错一步之后需要长久隐忍的痛苦。前面的痛苦，是一次性的，但后面的痛苦，会时时折磨你的心。孩子，爸爸比你多一些经验，爸爸想告诉你，人生里有很多的痛苦是要去承受的，你17岁这个痛苦，就让它成为你人生中的第一个痛苦吧。听爸爸的话，结束掉它，就痛苦一段时间，以后，你还会有孩子，你会更爱你的孩子的。"

雪儿痛苦地摇头："再有的孩子，也不是这个孩子！"

马里正色说："雪儿，你不能这样钻牛角尖！"

雪儿无论是口才还是人生经历都说不过父亲，但她就认定一个死理："爸，我就是不想丢掉他，不会放弃他的，他是我的孩子！一切都让我自己承受好了。"

"你才17岁，你知道你的承受能力吗？"马里问。

"爸爸，我明年就18岁了，孩子生下的时候，我已经是成年人了！"

"那我问你，你拿什么养活你的孩子？"

"我可以教小孩子弹钢琴。"

雪儿话没说完，马里就冷笑一声："你要我们家的历史再回到15年前吗？你要你的人生再重复一遍爸爸当初的痛苦吗？女孩子18岁到28岁是人生第一关，是感情、事业、社交的积累，是关键性的，你若能成，就是这段时间给你答案。你要上好的大学，你要挑选好的男人，你要选择能让你奋斗进取的工作。但是你，你却告诉我，这10年，你将与奶瓶尿不湿在一起，照顾一个你自己根本搞不定的婴儿，然后说你的事业就是给其他小孩子弹钢琴赚一小时15欧元的费用，你觉得我，你的爸爸，马里，这个在德国社会里用血汗拼出了尊严的中国男人，会让你走一条这样没有希望的路吗？"

马里声音激烈，雪儿抬头望着他，想说话，但是立即被打断。

"告诉你，马雪儿，只要你还是马里的女儿，你就给我记住：混得下去—— 这四个字从来就不是我的奋斗目标，我对自己，以及对孩子的要求是：一定要活得比别人好！一定要超过别人！"

"爸，你为什么这么看重你的面子？你为什么从来不考虑我的感受？"

"我怎么啦，我什么事情不是尽心尽力培养你？"

"爸，你明知我的童年缺少温暖，可是你一直都是要我'成为最优秀的女孩子'给我各种压力……"

“让你成为最优秀的孩子，难道有错吗？把自己努力塑造成最好的自己，是一种罪吗？”马里瞪大眼睛继续严厉教育：

“你不用来跟我矫情！人活着就是要奋斗，就是要受苦，就是要超越！你不超越人家那人家就要超越你！当初我办爱海公司，没有资金没有资历，但我咬牙撑过去，我对与我一起合作的弟兄们可以很好，但是我在自己身上，却舍不得多花一个欧元，就是为了撑起一个平台。我与德国合作方，几乎是毫不相让，因为没啥好让的，因为他们需要我，因为我已经超过了他们，所以根本不需要让。

“我成立马里慈善基金会，是为了更好地站在德国人面前，告诉他们，我们中国人不仅能挣钱而且还能撒钱。所以你别来对我说你要挣一小时15欧元的琴课费，这样让我觉得你太弱！你若还是马里的女儿，对得起你父亲在最贫穷时依旧花巨款为你买钢琴。你就给我拿钢琴大奖去！

“我参加外国参事竞选，是为了荣誉，既是家庭荣誉，也是中国人的荣誉，你被环境误导，未婚先孕，这里有一半是爸爸不教育的错，爸爸检讨。而另一半是你固执己见而犯下的错误，这一半的错，爸爸先原谅你，同时爸爸也给你指出了新的路途，但是，你若一意孤行，错上加错，那就不要怪爸爸对你下猛药了。

“从明天开始，你就不要外出了，学校也别去了！你放心，我会去替你请假的。两天以后，我们回中国。不要再说了，我怎么说都是你父亲，我不会让步！”

马里说着，大步走出雪儿的房间。

第一次见到父亲如此大发脾气，小雨吓得躲在自己房间的门背后，好一阵子后才敢到姐姐房间里去，安慰哭泣不停的雪儿。

马里回到自己房间。唉，也不知道那个德国小伙子卢卡是怎么劝慰雪儿的，本来是希望他能理解自己，帮帮雪儿，让她改变决定，可是雪儿的态度一点没变，反而更坚定了。是不是他在一旁煽风点火说些“生命”啦“人权”啦“自由”啦……诸如之类的话啊？可是，雪儿才17岁，还是未成年人，保护好自己才是最重要的。看来，这德国人的思维，真是靠不住。

53

马里的强势和坚决几乎要让雪儿屈服了。

但形势在两天之内发生了巨大的变化。

这两天，马里不让雪儿上学。上班之前马里把房门反锁，同时收走雪儿的钥匙。他希望雪儿多多反思，想想自己的未来。

虽然马里在房间里备足了食物，但是雪儿为了表示反抗，水米不沾。

马里生性坚定，他知道这是和雪儿拉锯战的关键时候，此时一旦心软就会全盘皆输。所以，他装作视若不见，随便她去折腾——等你肚子饿了自然会吃。

第二天，马里又反锁了门去上班。

其实，马里虽然与女儿打着拉锯战，可是心里也不好受——除了不能答应雪儿生孩子之外，什么他都能容忍。

他怎么能让雪儿在18岁的时候生个孩子呢？那雪儿的一生都会被打上叛逆、缺少教养、草率放纵、不洁不净的污点，女孩子最宝贵的是名誉，若没有了名誉，就会像一条抹布一样不堪！

马里绝对不能让自己心爱的女儿沦落到那样的境地。

有一些事情，就是要家长代孩子去做决定。因为家长吃过的盐比孩子吃过的饭还多，家长走过的桥比孩子走过的路还长，这些都是宝贵的人生经验！在德国为什么老工程师那么受尊敬，就是因为他们拥有年轻人没有的经验，这种经验让他们练就火眼金睛以及敏锐直觉，可以洞察一切。

以马里的丰富经历，他必须阻止这一切——哪怕付出亲情阻隔的代价，哪怕要女儿怨恨他一阵。但是，恨他一阵子总比埋怨他一辈子强。

但马里忽略了儿子小雨的承受能力。小雨连续两天都因家里的状况而惶恐不安。姐姐整天哭，而父亲，就是对姐姐冷面相待，这样的家庭气氛，对他来说，简直就像天要塌下来一样。虽然被马里送去学校，车子上他情绪平静，但坐在教室里他就心神不宁，当老师问他怎么啦，小雨突然放声大哭，忍不住向老师“举报”了自己姐姐被软禁在家的情况。

老师向校长报告。校长向警方报告。为查询情况，警方打电话给马里。

公司里，马里正在开会。

接到警员的查询电话，马里一惊，但是他表情平静，轻描淡写地在电话里回复：“警官先生，我孩子这两天生病不舒服，所以就让她在家休息两天。我已经给她学校的老师写了请假条。”

“但您为什么把房门反锁，限制孩子外出？”

“警官先生，这完全是从安全的角度考虑，因为孩子生病，身体有些虚弱，让她呆在家里是最保险的方式。何况我本来就只打算上半天的班，下午就赶回家照顾她。”

“您确定是这样？您没有强迫孩子做她不愿意做的事情？”

马里笑了：“当然没有……孩子的病历以及医生证明，在必要的情况下，我非常愿意提供给您，当然请您也理解，孩子还没有18岁，从法律意义上，她需要我这个监护人的照顾”

“那您何时回去照顾您的孩子？”

“很快，我现在在开会中，这个会议一结束，我就回家。”

警员刚才还凝重的神情轻松了一些，一时也问不出其他话来。

而正在此时，雪儿在脸书上向卢卡求助：“卢卡，你来救我，我被软禁在家了，我要离家！”

卢卡刚刚上完上午的课，正在学校食堂打卡定中饭，一见到雪儿的简讯，顾不上吃饭，立马拉了身旁一个好友，飞奔回家。

朋友不知情况，边跑边问：“我们去干吗？”卢卡说：“救人！”

朋友一听来劲了，立即把要去救人的信息捅到朋友圈里。朋友圈里有人就报了警。

卢卡和朋友来到雪儿家外。雪儿在二楼的窗台上挥手，泪水涟涟。

卢卡一心想救出雪儿，但雪儿家的防盗设施做得很好，卢卡根本无法从外面进入，只能找办法让雪儿出来。

一楼的所有门窗都被马里反锁，为了接雪儿从二楼下来，卢卡到自己家的工具房里找了一个长梯子，架在窗户外面，但是梯子离窗户还有一米多高，雪儿不敢轻举妄动，卢卡就在朋友的帮助下，自己爬上梯子，钻进窗户，去接出雪儿。

这一幕被路人看到，以为有人明目张胆地入室偷窃。路人也报了警。

卢卡终于救出了雪儿，当他抱着精神疲惫的雪儿温柔安慰之际，接到报警的三路人马在同一时间抵达花园街56号，三辆警车在门口闪着蓝色警灯，要求所有在场的人安静、举手，接受盘问检查。

顿时，场面上空气凝固。

雪儿睁大眼睛，没想到卢卡救助自己出门还会引来这样大的动静。

卢卡神情镇定，有条不紊地向警方陈述经过。

警方向雪儿确认。

事已至此，雪儿无从隐瞒，只得一一讲述自己怀孕以及被父亲强行要求堕胎的经历。

警察署里，正在与马里做电话查询的警官在接了另一个电话后，原本轻松的神情顿时沉重起来："马里先生，我想您有麻烦了。您现在必须亲自过来一趟，我们长官等您。"

54

一场家庭纠纷在不合适的时间发生，马里的政治明星生涯突然转弯。

三辆警车兴师动众，地点是富人区，当事者又是竞选候选人，媒体怎能不闻风而动？

在马里被警察署叫去问话和做记录的时间里，好几家媒体的记者等在警察署门口。有的记者还在看着两天前关于他的报道，有的在网上搜索他的更多信息，马里这次的新闻，成了真正的大新闻。

直到夜幕降临，在律师的陪同下，马里才一脸疲惫地走出大门。

记者们立即围上，这个两天前还在对着直播镜头侃侃而谈的政治新星，此刻再次被镁光灯和摄像头包围——

记者：请问马里先生，您现在的心情和感受如何？

记者：马里先生，德国法律保障任何一位女性都有当母亲的权利，您是否觉得您的行为有违法律的尊严？

记者：马里先生，让我们对您失望，不是您17岁的女儿未婚先孕，因为任何孩子都有自己的路，而是您竟然会用这样的方式来阻止您的孩子成为母亲。不知您接下来会怎么做？

记者：马里先生，您说，您熟读过德国的基本法，让我们意外的是，您冠冕堂皇地限制他人的人身自由——这人还是您最亲爱的女儿。不知您对此作何解释？

记者：马里先生，我们感觉到了您在竞选演说和在身体力行中的严重差异，这让我们担心，您若担任这个外国参事，是不是会带来不好的影响？

记者：马里先生，您说这是一个家庭问题，但是社会是由家庭组成的，您若连家庭问题都解决不好，怎么能让我们法兰克福的市民信服你的承诺？

记者：马里先生，您觉得这只是文化差异问题么？假设是的话，那么，外国参事的竞选者，依旧被文化差异的问题所困扰，这是不是意味着，您并没有真正地融合到德国的社会中？您还没有接受德国主流的价值观？不然，您不会把您的孩子当做私人附属品，这是一种非常可怕的控制欲。不知马里先生如何看待我的这个评判？

……

当天晚上，法兰克福本地新闻网站的大标题是：《强迫女儿堕胎的父亲，能从政吗？》

55

马里像发疯一样在天鹅湖边狂跑，计步器显示他今天已经跑了20公里。

这一周以来，他都这样疯狂地跑步。

当自己所有的，包括亲人、荣誉、抱负等等，都一一被剥夺以后，还能再忠心耿耿留在身旁的，就只剩下平日里的爱好了。

马里不能在家里呆——那个豪宅对他意味着失落；他也不想在公司里忙活——挣钱以前是他的爱好，而现在，钱对他激荡不起任何激情。

他只能跑步，用跑步来平复伤痛，占据空虚，掩盖失意。自虐式的跑步是一剂忘却烦恼的良药。

今天的跑步早已超出以往的长度，长久的奔跑，让他原本一直平静沉稳的心脏剧烈地跳动，膝盖已经隐隐作疼，小腿肌肉也开始酸痛。

他开始大口喘气。不知是心情的压抑，还是过量运动带来的疲惫，让他感觉负荷重重。但是，他停不下来，因为一旦停下，他会感觉有更大的委屈和不平袭来。

灵魂想要高飞，但身体被捆绑。终于，身体的体能抵达了极限，再狂奔下去，感觉血管都要崩裂了。

是啊，再好的良药，也得有停用的时候，不然，就要过量。是个人，就注定不能飞翔地逃离。

马里弓着腰，双手撑着膝盖，大口呼吸……他逃离不开啊。

顿时，跑步的平复功能瞬间丧失，好像一下子被掏空一样，腿软了，意志衰竭了，马里突然在天鹅湖边的一个偏僻角落里，抱着一棵大树，捶着，踢着，痛哭起来。

身穿健身衣的米勒不知何时站在了他的身旁——几个月的跑步，让他的大肚子减小了不少。这条沿着天鹅湖的跑步路线，也成了他的习惯路线。

走到失态的邻居身边，他解开缠在手腕上的小毛巾，递给涕泪交加的马里。

“为什么？为什么我为女儿做的事情无人理解？我一个父亲，最想的就是女儿平安幸福，到现在，我心里伤痛的还是女儿的未来，不阻止她，她的未来会被毁掉的。可是，女儿却是这样回报我……”

“我理解你的难过，知道你的痛苦，因为，你的秩序被打破了。”

痛哭是一种释放。男人不顾颜面的失声痛哭是因为锥心痛苦抵达了边际，而在不顾颜面的痛哭之后，心情却有种难得的轻松——犹如强烈风暴之后的海面。

“好点了吗？”米勒想拿回被马里揉成一团的毛巾。

马里说：“买一打新的还你。”

米勒说：“其实我只想要这条旧的，因为这是我习惯的。”

米勒接过马里递过的毛巾，说：“马里，你看，这只是我们习惯的秩序。其实，我接受你的一打新毛巾，结果可能更好一些，只是我们都被习惯的秩序控制着。前段时间我也很痛苦，因为我的秩序被打乱了。现在你遇到了同样的问题。但是，我一点没觉得你的痛苦是那么匹配已经发生的事实，情况并不像你想的那么糟。”

马里看着米勒。

“你家雪儿和小雨在我家很好。”——非法限制女儿自由的事情发生之后，马里在一定的时间之内无权再监护自己的孩子，邻居米勒暂时收养他们。

“我再次发现，你的一对儿女都是那么优秀，尤其是雪儿，马里，你为什么要那么顽固地反对你女儿的决定？她的决定其实并不荒唐，也不羞耻，甚至可以说是很有爱心的，她会是很好的小妈妈。”

马里摇头：“她自己还是个孩子，她做不了，这事，我接受不了！”

米勒挥着毛巾说：“那只是你的想法！因为在你的秩序感里，你的孩子就是要优秀地成长，上很好的大学，找一个你满意的出色的男朋友，给他们买好房子让他们结婚，办一个完美的婚礼，然后生一对可爱的儿女，事业、婚姻、家庭，一切都井然有序。一切都让你满意……但是，马里，这只是你认定的理想中的秩序，现在，你的雪儿不过是把这个顺序颠倒一下，先生个孩子，再去上大学，然后继续她的事业、她的爱情和家庭……马里，其实，这样的顺序也没什么，一样会让她的人生完美的。她是那么可爱，那么勤奋，而且还那么聪明！你难道不知道吗？真的，人生的完美，不是看顺序的，而是看内在，内在优秀的人，人生顺序都不是问题。”

“我不想她重复我的路。”

“马里，你为什么这么固执？”米勒重重地说：“她不是在重复你的路，她只是在走她的路。而且，她走的路，会比你安排的路更精彩！”

马里不说话。

“这样吧，马里，我是理解你的，因为你遵从你或者你们家族的秩序感，而我，更想符合我们社会的价值观，但是这都应该不是问题，我只想从你的角度来考虑：假如——假如这次雪儿按照你的意愿，终止了怀孕，但是可能面临一个后果，她以后再也不能生孩子了。马里，若是这样的情况，你会后悔吗？”

马里抬头看他。

“马里，若时光到了10年以后，若一切都是这样发生了的话，你一定会为今天的决定后悔莫及，你会说，雪儿18岁时生了个孩子，那是多么幸福的事情……所以，马里，我们最终的目标是幸福，不是名誉。你说对不对？”

这话好像触动了马里。

“走吧，到我家去喝一杯吧。顺便看看你家的孩子，他们是多么美好，你真不知道，你其实是多么富有和幸福！”

56

米勒家，客厅里。

卢卡在钢琴前，不熟练地弹着中国曲子《茉莉花》。雪儿盘腿坐在沙发上，抱着一个小熊抱枕，静静地听着。

弹完了，卢卡难为情地一笑："抱歉啊，弹得不好听。"

雪儿笑笑。

"我也很后悔，若我小时候不那么贪玩，多些时间练琴，虽说不能练到5000小时，但是终归可以比500小时更勤奋一些的，那我就可以弹得更好了，不会让你的耳朵这样受折磨了。"

雪儿温柔地笑着，说："没有啊，其实听你这样弹琴，也是很美的。弹琴的人，弹的不是技术技巧，是心里的感受，是内心的爱。"

"都很重要。不然，你怎么能在大赛里获得冠军呢，你就是勤奋、用心，再加你的敏感、才能、爱，所以你能成功。"

桌子上，是一份刚拆开的钢琴大赛获奖通知。雪儿获得第一名，奖金5000欧元。

"雪儿，待会儿你爸爸回家，你就把这个好消息告诉他吧，让他与你分享……自从你比赛结束那天开始，他这些天过得很不轻松，一直为你担心，你让他分享你的快乐吧，他也会更加认同你的能力，他完全可以相信，你会比他想象中的更优秀，也更坚强。"

"我知道，我的爸爸，他真的很爱我……但我想，这几天，我可能真的把他的事业和梦想搞砸了，希望他不会恨我。”

“怎么会呢，爱你的人，都会谅解你的。何况，人生没有搞砸这回事，因为任何时间都能重新开始。”

雪儿听着卢卡的安慰，心情好些了。

“嗨，雪儿，我再给你弹个曲子吧。这个曲子，是我一直想送给你的。”

“好啊，那我好好地听，用心地听。”雪儿说着，整整裙子，笑着端坐在沙发上。

琴声响起——《月亮代表我的心》。

这曲子，在两人第一次见面的新居乔迁派对上，雪儿为所有人演奏过。

那一天，卢卡看到雪儿，首次见面，惊为天人，爱意蓬勃。

后来，卢卡四处找这个曲子，想有机会也能弹奏给雪儿。

卢卡用心地弹奏。多美的月光，多美的姑娘，多美的青春。

雪儿安静听着，神情感动。

弹奏者和听众如此专注，以致根本没有注意到，马里和米勒已经在门口站立多时。

“雪儿，我很喜欢你，答应我，让我来照顾你吧。”

卢卡拉住雪儿的一只手。

雪儿一时慌乱，不知该如何是好。

“雪儿，你爸说的对，他说好男人要坚持，要有毅力，我小的时候不够好，贪玩，放纵自己，但是我大了，一定会让自己变得更好……我的机器人设计也获得了奖，但奖金没你的多，才1000欧元。不过，我能在其他方面弥补。我会去麦当劳打工，每个星期能挣300欧元。明年，当你的孩子出生了，我也是18岁了，能承担自己的生活了，我想和你在一起，与你一起承担。我不怕辛苦，你看我的中国朋友小钟，他也是这样生活的，我觉得这样的生活很有意义……好不好？雪儿，让我和你的孩子在一起……”

马里碰碰米勒的手，轻轻说：“别打搅他们了，去我的院子里喝酒吧。”

尾声

马里没能竞选成功。

马里的爱海公司将与更多的德国公司合作。

马里慈善基金会的受助人员已经增加到了两位数。越来越多的人，接受着基金会的帮助，他们在走出困境之后，也帮助着更多的人。

10月，德国最美的季节，迎来了马里的同窗好友们。

已多年不担任导游的马里，这次亲自设计行程，全程接待。在莱茵河畔满是金色葡萄藤的山坡上，大轮子拖拉机载着游客们穿梭其中，几十支用于品味的好酒被冰得恰到好处，温晓钰在马里的好友队伍里，兴奋和快活得像条小鱼儿。

当温晓钰得知眼前这条碧波荡漾的河流就是著名的莱茵河，沿着这条河可以参观几十个古城堡，每个城堡都有主人的不同故事，当然若她愿意她也可以入住古堡宾馆感受当年古堡主人的真正生活时，她瞪大眼睛：这就是我的梦幻旅行啊！

梦幻旅行当然不止这些。

以每小时200公里的速度在不限速高速公路上飙车，在啤酒节上穿着民族衣裙与大伙儿翩翩起舞，在法兰克福传统酒馆里喝着苹果酒吃着大猪肘子，和参加城市马拉松的德国朋友一道跑上10公里……温晓钰的欢声笑语给马里的同学们带来了想象。

“马里，你不觉得，在你家那么个大宅子里，有个像温晓钰这样的女主人，好像也蛮合适的？”老徐凑近他的耳朵，悄悄说。

马里似笑非笑。

中国的中秋节，月儿最明的一天。一圈旅游回来的大牌导游马里自然不想简单安静地度过这一天。趁着秋日最好的季节，开个中西合璧大派对吧，海外的月明中秋夜，没有朋友满院，好酒相陪，说不过去吧？

在一番精心准备之后，马里的大院子里，炊烟袅袅，香味扑鼻。施黛芬妮、米勒，还有周围邻居和马里的同窗好友，享受着秋日的烧烤季。施黛芬妮和米勒搂搂抱抱，估计佳期已近。鲜花、啤酒、烤肠、音乐、假山、流水、小桥……月亮在大家的欢乐聚会中，悬挂在凉亭的上空一侧。

突然，大厅里传来优美的钢琴曲，中国朋友熟悉之极的《月亮代表我的心》，雪儿和卢卡，四手联弹，惊艳出场。这一幕，让人感慨，邻居们仿佛感觉半年之前马里刚搬来花园街时的新居派对在大家面前重现，而马里的老同学们则惊叹这对金童玉女的优雅养眼和白璧无瑕。

雪儿肚子微隆，已经显出几分孕味，不过她的皮肤更细嫩了，脸上的红润色彩看起来更是青春焕发。她从钢琴座位上起身，不介意父亲老同学眼中的小小惊异，向大家介绍着她的好朋友卢卡。

报社老总老徐的手机在此时响起。

老徐接电话，“嗯嗯”了两声后，挂断。

他走到马里身旁，对他耳语：“简雪回国了，这次她是从日本彻底地回国。”

马里一听，愣在那里。

图书在版编目（CIP）数据

法兰克福的中国酷爸／徐徐著．-- 北京 ：
中国青年出版社，2016.1
ISBN 978-7-5153-4001-2
Ⅰ．①法… Ⅱ．①徐… Ⅲ．①长篇小说－中国－当代
Ⅳ．①I247.5

中国版本图书馆CIP数据核字(2015)第304588号

责任编辑：彭明榜
书籍设计：孙初+林业

中国青年出版社 出版 发行
社址：北京东四12条21号
邮政编码：100708
网址：www.cyp.com.cn
编辑部电话：(010) 57350506
门市部电话：(010) 57350370
北京科信印刷有限公司印刷　　新华书店经销

710mm×920mm　1/16　16.5印张　196千字
2016年1月北京第1版　2016年1月北京第1次印刷
定价：33.00元

本书如有印装质量问题，请凭购书发票与质检部联系调换
联系电话：(010) 57350377